JN176796

謎解き富嶽百景

原國人著

新典社

はじめに

太宰治の作品群の中でも、『富嶽百景』が、人気ランキングの上位にいつも入る作品であることは、間違いがない。なぜ、この作品はそんなにも読まれるのか。私にとっては、このこと自体が、一つの大きな謎なのです。そして、私の場合、この謎は、太宰治にとって、どのような書かれるべき必然性があって書かれることになったのか、という謎に転化して迫ってくるのです。確かに、作者太宰治自身の生活、人生、いわば生き方あり方の問題として、答えを求めることも可能であるようにも思われます。しかし、それだけではない何かがあるのではないかという気がしてならないのです。作者自身の存在を越えたところに、もう少しいえば、日本の文藝史のある結節点の一つとして、この作品が誕生しなければならない必然があったのではないか、と私には思われてならないのです。そのことを考えるために、本書を書きました。あちらこちらとよそ見をしながらの旅になりました。最後まで、一緒に歩いていただければと願ってやみません。

二〇一五年　立春

著者

目　次

キーワード　富嶽百景　太宰治　配所の月　歌枕　仙遊　雪月花　アレゴリー　若山牧水
田中英光　在原業平　藤原実方　森鷗外　万里小路藤房　沼津　富士山　甲府
津軽

※引用本文は特にことわらない限り、『太宰治全集』（筑摩書房）、『若山牧水全集』（増進会出版）、『森鷗外全集』（岩波書店）、古典関係は、新日本古典文学大系及び新編日本古典文学全集及び新釈漢文大系を用い、いずれも私に、漢字・仮名遣いなど表記を改めたところがある。

一　なぜ、沼津なのか

太宰治の『富嶽百景』を読む方法はいろいろあるし、これまでにもいろいろと読まれてきました。青春の文学とか、明るい未来へと続く、十代のうちに読んでおくべき傑作だ、などと評され、高等学校の国語の教科書には何回も採録されています。多くの若者を引きつけてきた傑作とされる作品で、愛読者の実に多い、太宰治の代表作の一つとされてきているものです。それも、青春のさびしさ、切なさ、苦しさ、やるせなさ、人とつきあうことの重たさから逃れようとするとき、癒やしと慰めと希望とを与えてくれる作品として扱われてきました。確かに生き方あり方に迷った時、「富士には月見草がよく似合ふ」というこの作品にまつわるメディアが用いてきたキャッチコピーは今も色あせていません。

しかし、私は、こうした評価や読み方で本当にいいのか、という思いを絶えず抱いています。この作品を、人生論として読むなら、それでもいいとは思いますが、なぜ、この作品が、文藝なのか、その理由は何なのかと問いかけたとき、作者の、愛と青春からの旅立ちが描かれているからとか、センチメンタル・ジャーニィの記録として主人公の心情に共感したり反発したりすることができ、自己観照になるという説明だけでいいのか、という天邪鬼的な気分に、私はなってしまうのです。もう少しいえば、読者にそうした思いを抱かせるために、いったいこの作品はどのような仕掛けを持っているのか、困ったことに、そこを暴いてみたくなってくるのです。

太宰治は、ずるい。しかし、うまい。

例えば、『走れメロス』は、その素材というか、典拠というか、『走れメロス』自身が、最後に「（古伝説と、シルレルの詩から）」と書いている、そのシラーの詩「人質 譚詩」は、改造文庫の小栗孝則訳『新編シラー詩抄』によるものであることが、すでに指摘され、疑いのないことになっています。しかし、さて、実際に、『走れメロス』とこの小栗孝則訳「人質 譚詩」の二つを中学生や高校生と一緒に比較検討してみますと、必ず、コピペしたの？ とか、盗作だとか、場合によっては、剽窃《ひょうせつ》（難しいことばを知っている高校生もいるのです）だ、といった声が上がります。教育実習に行った、日本文学を専攻する国語科の教員志望の大学生が、中学生や高校生のこうした発言を聞きますと、どうして、このような作品が、教科書に入っているのか、実習の授業できちんと太宰治の仕事を説明することはかなり難しく、苦労したという報告をするのを何回も聞きました。そこで出てくる中学生や高校生のことばが、「ずるい。しかし、うまい」です。そうした中で、『走れメロス』のオリジナリティを説明するのは、至難の業《わざ》です。ある時、私のゼミの学生さんが、こんな例え話をしてくれました。絵を描くのを趣味にしていた学生さんです。高校生の時、自画像を、何回描いても、明るく元気な顔になり、私って、こんなに剽軽《ひょうきん》な、おっちょこちょいなの、とその表情の浅薄さに、その都度、妙に沈んだ気分になり、自画像を描くのはよそう、と思ったのですが、ある時、美術部の顧問の先生が、描いた作品をみて、ちょっと、といいながら、パレットで絵の具を二つ三つ混ぜ合わせ、キャンパスの私の顔にさっと小さな陰影を二カ所つけました。それを見た途端、はっとしました。そこに自分のイメージしていた私自身の顔があったからです。太宰治のうまさは、顧問の先生の筆さばきのようなものではないでしょうか。

私は、この体験に基づいた説明は、確かに太宰治の本質的なところを突いていると思います。『女生徒』や『斜陽』にも、提供された素材とできあがった作品の間には、この譬え話のような関係が、確かに見られます。こうした、太宰治の「ずるさ」「うまさ」は、本書で取り上げる『富嶽百景』においても、いくつも見られます。そこを、太宰治の筆さばきを、読者の皆さんと一緒に、見ていきたいと考えています。

また、私は「文学」ということばは決して嫌いではないのですが、使いにくいと感じています。日本の長い歴史の中で書かれてきた無量数万の、文字で書かれた作品群を俯瞰したとき、それらは、文字だけの世界に、決してとどまるものではなく、さまざまの他の藝術との相互関係を保っていると考えられるからです。絵巻などの絵画、音楽、舞台藝術などなど。だから、私は本書の中では、あまり「文学」ということばを使わず、文藝ということばを用いています。また、私は、その文藝の真ん中にあるのは、「モノガタリ」であると考えていますが、念の為にいえば、この「モノガタリ」は、実際の眼前にある書籍としての『伊勢物語』や『源氏物語』などの作品としての物語類ではなく、事柄の結構といいますか、描かれ、書かれ、話され、歌われ、演じられる行為によって表象される内容のことです。

そしてさらに、日本の文藝史の王道が何辺にあったのかと考えたとき、それは、散文にあるのではなく、韻文にあり、なかんずく和歌の世界にあったのではないかとも考えています。

本書では、まず、作品内の言葉、単語はもちろんのこと、句や文にこだわっていくことによって、その背後にある風景を考えながら、読み進めて行きます。

その風景の中には、作者、太宰治の重い生涯も垣間見られるのですが、それよりも何よりも、言葉の背後に潜む景色、言い換えると日本の文藝史の流れが映し出す景観に注目していきたいのです。そのためには何本かの補助線、例えば、若山牧水や義太夫・文楽の世界、あるいは芭蕉の作品などを引かなければなりません。その最初に用意したい補助線が若山牧水です。

幾山河越へ去り行かば寂しさのはてなむ国ぞ今日も旅行く
白鳥は悲しからずや海の青空の青にも染まず漂ふ
白玉の歯にしみとほる秋の夜の酒はしづかに飲むべかりけり

の、牧水です。

では、なぜ、若山牧水なのでしょうか。実は、『富嶽百景』の最初の部分に、若山牧水を呼び覚ます仕掛けが、巧まれているからです。作品の最初の部分を読んでみましょう。それは、小説家としての太宰治による、和歌文藝への一つの挑戦ではなかったかとも考えられるのです。

富士の頂角、広重の富士は八十五度、文晁の富士も八十四度くらゐ、けれども、陸軍の実測図によつて東西及南北に断面図を作つてみると、東西縦断は頂角、百二十四度となり、南北は百十七度である。広重、文晁に限らず、たいていの絵の富士は、鋭角である。いただきが、細く、高く、華奢である。北斎にいたつては、その頂角、ほとんど三十度くらゐ、エッフェル鉄塔のやうな富士をさへ描いてゐる。けれども、実際の富士は、鈍角も鈍角、のろくさと拡がり、東西、百二十四度、南北は百十七度、決して、秀抜の、すらと高い山ではない。たとへば私が、印度かどこかの国から、突然、鷲にさらはれ、すとんと日本の沼津あたりの海岸に落されて、ふと、この山を見つけても、そんなに驚嘆しないだらう。ニツポンのフジヤマを、あらかじめ憧れてゐるからこそ、ワンダフルなのであつて、さうでなくて、そのやうな俗な宣伝を、一さい知らず、素朴な、純粋の、うつろな心に、果して、どれだけ訴へ得るか、そのことになると、多少、心細い山である。低い。裾のひろがつてゐる割に、低い。あれくらゐの裾を持つてゐる山ならば、少くとも、もう一・五倍、高くなければいけない。

この文章のどこが、若山牧水と関わっているのでしょうか。そのことを順番に解き明かしていこうと思うのですが、その前に、次の文章を読んでみてください。長部日出雄の『富士には月見草―太宰治100の名言・名場面』（新潮文庫、二〇〇九年五月）の一章です。長部は卓越した太宰研究者である相馬正一の、月見草の花が、夕方に開いて朝にはしぼむ習性を有することを指摘した上での、「それなのに、バスの女車掌が、きょうは富士がよく見えますね、といった好天の日中、月見草が黄金色の花弁鮮やかに『すっくと立っていた』というのは、果たして本当だろうか」という問いかけに対して、次のように書いています。

ここでもぼくは、その場に居合わせなかったにもかかわらず、これは作者のイメージのなかにしか存在しない月見草である、と断定する。

我が国の伝統的な私小説を貶めるさいに、よく用いられる言葉でいえば、実際に起きたことを書いた「身辺雑記」風に見える「富嶽百景」も、実は作者の意識と無意識の双方にもとづく精妙な計算により、さまざまな虚構を組み合わせて創り上げられた、完璧な小説である。

「私」という一人称で書けば、作中に起こる出来事を全部、事実と信じ込む奇妙な習慣が、かつて我が国には存在した。そのころ、わが国の読者ならたいてい現実にあった話とおもいこむ私小説のスタイルで、構想力の産物であるフィクションを書いたのも、太宰治の画期的な発明のひとつであった。

この、「太宰治の画期的な発明」かどうかは別にして、『富嶽百景』が「私小説のスタイル」で書かれた「構想力の産物である」というのはきわめて大切な指摘でした。ただ、私たちは、小説を読む愉悦として、血湧き肉躍るような活劇を読み、果たし得ない世界への憧憬を感じる

ことや、あるいは、橘曙覧が詠ったように、

楽しみはそぞろ読みゆく書のうちにわれとひとしき人をみしとき

という「楽しみ」もあり、自分と同じ考えだとか、同じように苦労しているなとか、やっぱりそうなんだよな、つらいな、悲しいな、とかいったところで、生き方在り方についての共感やそこからの慰謝を求めています。それらの享受者の要求にどう応えるかが、プロとしての小説家の仕事でもあったはずです。あるいはまた、私たちは、太宰治が好んだ浄瑠璃や義太夫の世界での、次のような言説があることを知っています。近松門左衛門が舞台上の藝の本質を語った「虚実皮膜《ひにく》」の論です。端的に言ってしまえば、「藝の本質は、虚構と事実との微妙な間にある」とするもので穂積以貫が『難波土産』の中で伝えたものです。つまり、

近松答曰《いはく》「(略)藝といふものは実と虚との皮膜《ひにく》の間にあるもの也。(略)舞台へ出て藝をせば、慰になるべきや。皮膜の間といふが此也。虚にして虚にあらず実にして実にあらずこの間に慰《なぐさめ》が有《あつ》たもの也。(略)」

（守随憲治訳注『現代語訳対照近松世話物集』所収「難波土産」旺文社文庫、一九七六年十一月）

とすれば、こうした私たちの読者が求める貪欲な「慰」に応えるために、『富嶽百景』は、どのような実と虚を用意し、その間をいかなる仕掛けでくぐり抜けているのでしょうか。そうした、仕掛けを発見していくのもこれまた、読書の楽しみのひとつであってもいいはずです。本書を『謎解き富嶽百景』と名付けた所以です。

さて、広重・文晁。北斎と江戸の絵師の作品を例に、実際の富士山にいろいろと難癖をつける「私」は、

たとへば私が、印度かどこかの国から、突然、鷲にさらはれ、すとんと日本の沼津あたりの海岸に落されて、ふと、この山を見つけても、そんなに驚嘆しないだらう。

とまで、いいます。印度のことはさておいても、なぜ、どうして「沼津のあたりの海岸」なのでしょうか。世界遺産になった三保の松原はもとより、

田子の浦ゆうち出でて見ればしろたへの富士の高嶺に雪はふりつつ

の「田子の浦」でもなく、「沼津あたりの海岸」なのです。確かに沼津には千本松原という白砂青松の風光明媚な海岸があり、その海岸を近景に、富士を遠景にした構図は確かに一見の価値はありますが、ここに沼津が出される理由はそれだけなのでしょうか。沼津が採りあげられる意図はどこにあるのでしょうか。そのひとつの答えは、この千本松原の伊豆に近い所の住人、若山牧水の存在があったことではないかと考えられるのです。

こんなことを考えることになったのは、『富嶽百景』の最初の部分に、「陸軍の実測図によって」とあったからです。最初は、牽強付会になるとも考えたのですが、いろいろと調べていく間に、やっぱり、太宰治は、若山牧水を意識している、と確信がもてるようになってきました。若山牧水にとって、陸軍参謀本部五万分の一の地図は、次に引くように旅の友でありました。まずは、「枯れ野の旅」（『樹木とその葉』改造社、一九二五年二月）

枯草に腰をおろして

取り出だす参謀本部
五万分の一の地図
見るかぎり続く枯野に
ところどころ立てる枯木の
立枯の楢の木は見ゆ

路は一つ
間違へる事は無き筈
磁石さへよき方をさす

地図をたたみ
元気よくマッチを擦るとて
大きなる欠伸をばしつ

とあったのを思い出したからです。さらにまた、太宰治は、昭和十一（一九三六）年八月、肺炎と薬物中毒治療のために、谷川温泉に滞在しますが、そこで芥川賞落選の報を聞くことになります。そのことを、後年、「作家の手帳」の中で、次のように書いています。

七、八年も昔の事であるが、私は上州の谷川温泉へ行き、その頃いろいろ苦しい事があつて、その山上の温泉にもいたたまらず、山の麓の水上町へぼんやり歩いて降りて来て、橋を渡つて町へ入ると、町は七夕、赤、黄、緑の色紙が、竹の葉蔭にそよいでゐて、ああ、みんなつつましく生きていると、一瞬、私も、よみがえつた思ひした。

（「文庫」一九四三年十月）

また、翌年三月、小山初代と、水上村谷川温泉に行き、谷川岳の山麓でカルチモン（ブロムワレリル尿素、催眠鎮静効果のある化合物のひとつ。太宰治はこの薬を心中に二回使用し未遂。詩人の金子みすゞは自殺に使用）で服毒心中をはかることになった、この水上と同じ水上への先行作品が若山牧水の「みなかみ紀行」という紀行文。さらに『みなかみ』という題の歌集を持つ若山牧水。その「みなかみ紀行」の中の一文に、読者よ、試みに参謀本部五万分の一の地図「四万」の部を開いて見給え。真黒に見えるまでに山の線の引き重ねられた中にただ一つ他の部落とは遠くかけ離れて温泉の符号記入せられているのを、少なからぬ困難の末に発見するであろう。それが即ち法師温泉なのだ。

とあります。当時のことですから、地図といえば陸軍参謀本部のものが一番だったのはわかりますが、こうした地図の利用を、作品にうまく使うということの、太宰治と牧水の共通点に気がついたのです。そして、この若山牧水が人生の最後の八年間を過ごした土地が沼津だったのです。

あるいはまた、牧水の、

夏雲はまろき環をなし富士が嶺をゆたかにまきて真白なるかも

という歌。この歌について、木俣修は次のように書いています。

牧水は酒の詩人・旅の詩人・富士の歌人であるといわれている。

しかも、沼津に居を移してから、朝夕に富士を仰ぎみる生活となったわけであるから、彼はしきりに富士を歌った。

かならずしもこの歌が富士の歌の代表であるというわけではないが、夏雲を配して、富士の雄大秀麗なすがたを捉えたものとして、めでたい歌品をもっている。

富士を詠んだ歌人は万葉集以来世々におびただしく出現しているのであるが、近代において牧水はもっとも多く富士を歌った歌人であるということができる。

（日本詩人選25『若山牧水』小沢書店、一九九七年九月）

あるいは、牧水自身は、「四邊の山より富

牧水在住当時の千本浜から見た千本松原と富士山
（公益社団法人沼津牧水会提供）

士を仰ぐ記」で、

駿河なる沼津より見れば富士が嶺の前に垣なせる愛鷹の山

東海道線御殿場驛から五六里に亙る裾野を走り下つて三島驛に出る。そして海に近い平地を沼津から原驛へと走る間、汽車の右手の空におほらかにこの愛鷹山が仰がるる。謂（い）はば蒲鉾形の、他奇ない山であるが、その峯の眞上に富士山が窺（のぞ）いてゐる。

いま私の借りて住んでゐる家からは先づ眞正面に愛鷹山が見え、その上に富士が仰がるゝ。富士といふと或る人々からは如何にも月並な、安瀬戸物か團扇（うちは）の繪にしかふさはない山の樣に言はれないでもないが、この沼津に移住して以來、毎日仰いで見てゐると、なかなかさう簡單に言ひのけられない複雜な微妙さをこの山の持つてゐるのを感ぜずにはゐられなくなつてゐる。雲や日光やまたは朝夕四季の影響が實に微妙にこの單純な山の姿に表はれて、刻々と移り變る表情の豐かさは、見てゐて次第にこの山に對する親しさを増してゆくのだ。

一體に流行を忌む心は、もう日本アルプスもいやだし、富士登山も唯だ苦笑にしか値しなかつた。與謝野寛さんだかゞ歌つた「富士が嶺はをみなも登り水無月の氷の上に尿垂るてふ」といふ感がしてならなかつた。それで今まで頑固にもこの名山に登ることをしなかつたが、こちらに來てこの山に親しんで見ると、さうばかりも言へなくなり、この夏は是非二三の友人を誘つて登つてゆき度い希望を抱くに到つてゐる。

閑話休題、朝晩に見る愛鷹を越えての富士の山の眺めは、これは一つ愛鷹のてつぺんに登つて其處から富士に對して立つたならばどんなにか壯觀であらうといふ空想を生むに至つた。

とまで、書いているのです。富士山を和歌に数多く詠み、富士山を随筆に何度も書いているとなれば、『富嶽百景』を試みる作者は、その存在をどうしても意識することにはならないでしょうか。しかも、傍線部に見る富士山に対する牧水の韜晦と実際に沼津に住んでみてからの思いの変化と、『富嶽百景』の「私」の富士山に対する思いの変化を考え合わせたとき、果たして見逃すことができるのか、という問題がここにはあります。

牧水の「みなかみ紀行」は、太宰治が、さまざまな思いで彷徨した水上への旅ですが、一方、歌集『みなかみ』の「水上」は、水上温泉のことではなく、「本書を亡き父に捧ぐ」とつけられた歌集で、牧水が、父の死の際に、九州宮崎県坪谷（現在の日向市東郷町）へ帰郷した時のことを題材にしており、一見、直接的な関係はなさそうですが、そこには、太宰と牧水の生涯を通して共通する思いがありました。ふるさと、家族、ことに母親に対する屈折した感情です。『みなかみ』には、

我を恨み罵りしはてに噤みたる母のくちもとに一つの歯もなき
斯かる気質におはする母に願はくは長き病のくることなかれ
姉はみな母に似たりきわれひとり父に似たるもなにかいたまし
くちぎたなく父を罵る今宵の姉も我ゆゑにかとこころ怯ゆる
母をおもへばわが家は玉のごとく冷たし父をおもへば山のごとく温かし

などなどの歌があります。これに対して、太宰治の父は衆議院議員であり、母親はその父と共に東京の別邸にいることが多く、太宰は伯母の「きえ」と子守の「たけ」に育てられこの二人によくなじんでいました。『津軽』の「津軽小泊」で、「たけ」と再会した時の様子を次のように書いています。

おなかをおさへながら、とつとと私の先に立つて歩く。また畦道をとほり、砂丘に出て、学校の裏へまはり、運動場のまんなかを横切つて、それから少女は小走りになり、一つの掛小屋へはひり、すぐそれと入違ひに、たけが出て来た。たけは、うつろな眼をして私を見た。

「修治だ。」私は笑つて帽子をとつた。

「あらあ。」それだけだつた。笑ひもしない。まじめな表情である。でも、すぐにその硬直の姿勢を崩して、さりげないやうな、へんに、あきらめたやうな弱い口調で、「さ、はひつて運動会を。」と言つて、たけの小屋に連れて行き、「ここさお坐りになりせえ。」とたけの傍に坐らせ、たけはそれきり何も言はず、きちんと正座してそのモンペの丸い膝にちやんと両手を置き、子供たちの走るのを熱心に見てゐる。けれども、私には何の不満もない。まるで、もう、安心してしまつてゐる。足を投げ出して、ぼんやり運動会を見て、胸中に、一つも思ふ事が無かつた。もう、何がどうなつてもいいんだ、といふやうな全く無憂無風の情態である。平和とは、こんな気持の事を言ふのであらうか。もし、さうなら、私はこの時、生れてはじめて心の平和を体験したと言つてもよい。先年なくなつた私の生みの母は、気品高くおだやかな立派な母であつたが、このやうな不思議な安堵感を私に与へてはくれなかつた。世の中の母といふものは、皆、その子にこのやうな甘い放心の憩ひを与へてやつてゐるものなのだらうか。さうだつたら、これは、何を置いても親孝行をしたくなるにきまつてゐる。そんな有難い母といふものがありながら、病気になつたり、なまけたりしてゐるやつの気が知れない。親孝行は自然の情だ。倫理ではなかつた。

こうした、アンビバレンスな家族についての感情の表白は、実は、

たとへば私が、印度かどこかの国から、突然、鷲にさらはれ、すとんと日本の沼津あたりの海岸に落されて、ふと、この山を見つけても、そんなに驚嘆しないだらう。

との傍線部にも、込められているのです。明治になってからの新作浄瑠璃の代表作の一つである『観音霊験記三拾三所花野山』。これは明治二十年の大坂いなり彦六座の柿落《こけらお》としの時に上演されたものです。非常に長いもので、通しで上演するのには二日間かかったと記録が残っています。現在では、この中に含まれている『壺坂霊験記』や『良弁杉由来』が、文楽や歌舞伎で独立した形で上演されています。

『良弁杉由来』、通称「二月堂」は東大寺の開基とされる良弁が、幼い頃、鷹にさらわれ春日神社のそばの杉の大木に落とされ、やがて東大寺を開く高僧になっていましたが、我が子を鷹にさらわれた良弁の母親は、悲しみのあまり狂乱し、我が子を探し探して、あちらこちらとさすらい、三十年後にこの杉の大木のもとで再会を果たすという、『伊勢物語』の東下りを下敷きにした謡曲『隅田川』や森鷗外の『山椒大夫』に連なっていく説経節の『さんせう太夫』にも通じる母子再会譚です。必死に我が子を求める母親の悲しみつらさと母がいない子のあはれが強く描かれています。

さらにいえば、「沼津」そのものが、親子・家族の情愛・葛藤を暗示する地名でした。歌舞伎の義太夫狂言には、通称「沼津」といわれる『伊賀越道中双六』の六段目があります。この芝居は、「伊賀物」とされる作品の一つで、唐木政右衛門（荒木又右衛門のこと）が義弟和田志津馬（渡辺数馬のこと）の助太刀をして、伊賀上野で敵の沢井股五郎を討つというあらすじで、敵を追う主人公たちが東海道を下っていく間に、主人公を取り巻く人々との義理、人情のしがらみが作り出す葛藤を描き出していく趣向で人気を博したものです。なかでも、志津馬の女房のお米は、傷を負った夫の看病をしながら沼津に住む父親の雲助の平作のところで、敵股五郎の行方を探っていました。一方、敵の股五郎は、出入りの呉服屋である十兵衛の助けを借りて逃走していました。東海道を下っていた十兵衛は、お米の美貌に惹かれてその家に泊まることになりますが、お米は、夫の傷を治すために、十兵衛の印籠から薬を盗み出そうとします。しかし、お米は、その印籠から、十兵衛は、昔、平作が養子に出した子である事に気がつき、しかも股五郎とゆかりのあることを知ってしまいます。平作は可愛い娘の婿のために、十兵衛を千本松原まで追いかけ、股五郎のありかを聞き出そうとしますが、十兵衛はどうしても明かそうとはしません。そこで、平作は、最後の手段として切腹をし、命をすてて哀願したので、義心の強い十兵衛も、ついに股五郎の行き先をつげます。十兵衛の、

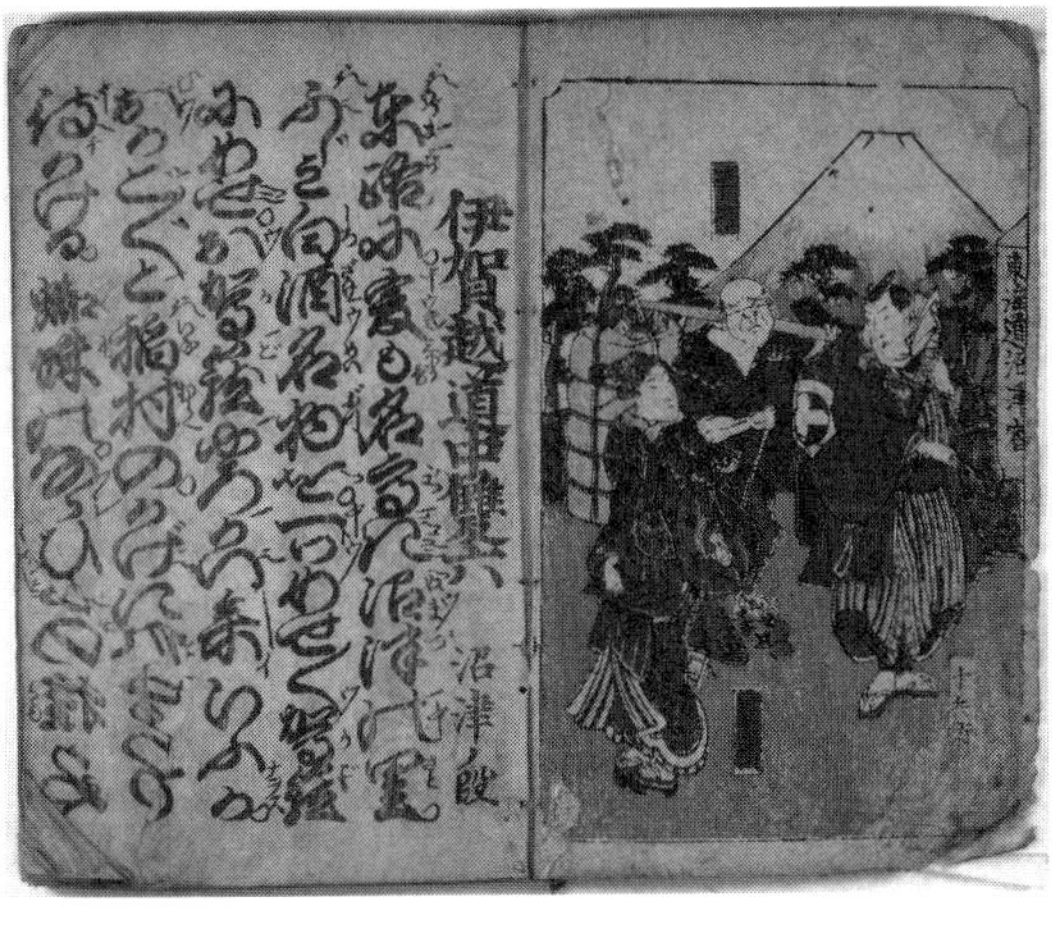

『伊賀越道中双六』沼津ノ段
「笛木ふう子家文書」（群馬県立文書館蔵寄託）P9604 176

どこに誰がきいて居るまいでものでもなけれど、十兵衛の口からいふは、死んでいくこ

なた様への餞別、今際の耳にやぅ聞かっしやれ。股五郎が落ち行く先は九州相良、道中筋
は三州の、吉田で逢ふた人の噂〱

という科白の中の「落ち行く先は九州相良」は、義太夫や歌舞伎好きには、定番の文句でした。『伊賀越道中双六』はこの「沼津」のほか、政右衛門が恩師山田幸兵衛の前で我が子を殺して義心を示す「岡崎」（八段）と、親子の情愛に拘わる場面が特に取り出されて繰り返し上演されてきています。『富嶽百景』の中には、

そのころ、私の結婚の話も、一頓挫のかたちであつた。私のふるさとからは、全然、助力が来ないといふことが、はつきり判つてきたので、私は困つて了つた。せめて百円くらゐは、助力してもらへるだらうと、虫のいい、ひとりぎめをして、それでもつて、ささやかでも、厳粛な結婚式を挙げ、あとの、世帯を持つに当つての費用は、私の仕事でかせいで、しようと思つてゐた。けれども、二、三の手紙の往復に依り、うちから助力は、全く無いといふことが明らかになつて、私は、途方にくれてゐたのである。このうへは、縁談ことわられても仕方が無い、と覚悟をきめ、とにかく先方へ、事の次第を洗ひざらひ言っ

て見よう、と私は単身、峠を下り、甲府の娘さんのお家へお伺ひした。さいはひ娘さんも、家にゐた。私は客間に通され、娘さんと母堂と二人を前にして、悉皆の事情を告白した。ときどき演説口調になつて、閉口した。けれども、割に素直に語りつくしたやうに思はれた。娘さんは、落ちついて、

「それで、おうちでは、反対なのでございませうか。」と、首をかしげて私にたづねた。

「いいえ、反対といふのではなく、」私は右の手のひらを、そつと卓の上に押し当て、

「おまへひとりで、やれ、といふ工合ひらしく思はれます。」

「結構でございます。」母堂は、品よく笑ひながら、「私たちも、ごらんのとほりお金持ではございませぬし、ことごとしい式などは、かへつて当惑するやうなもので、ただ、あなたおひとり、愛情と、職業に対する熱意さへ、お持ちならば、それで私たち、結構でございます。」

私は、お辞儀するのも忘れて、しばらく呆然と庭を眺めてゐた。眼の熱いのを意識した。この母に、孝行しようと思つた。

とある家族の問題、母親の問題が、意識されていることは明らかでしょう。現在では、自分の

結婚について、実家に頼ってしまうという甘えはあまり考えられないようになってきていますが、結婚とは、当時は何よりも、当事者同士の責任というよりは、家と家との関係が最優先という時代でもありました。

余計なことですが、若山牧水の生涯と太宰治の生涯には、このほか、愛人との離別、酒好き、借金まみれ、そして、結婚した女性（美知子と喜志子）によって支えられていることなどと通じることは多いのです。

こんなことを考えていますと、『桜桃』の冒頭のよく引かれる、傍線部、

われ、山にむかひて、目を挙ぐ。――詩篇、第百二十一。

子供より親が大事、と思ひたい。子供のために、などと古風な道学者みたいな事を殊勝らしく考へてみても、何、子供よりも、その親のほうが弱いのだ。少くとも、私の家庭においては、さうである。まさか、自分が老人になつてから、子供に助けられ、世話になろうなどという図々しい虫のよい下心は、まつたく持ち合わせてはゐないけれども、この親は、その家庭において、常に子供たちのご機嫌ばかり伺つている。子供、といつても、私のところの子供たちは、皆まだひどく幼い。長女は七歳、長男は四歳、次女は一歳である。

それでも、既にそれぞれ、両親を圧倒し掛けている。父と母は、さながら子供たちの下男下女の趣きを呈してゐるのである。

これも、様々に受け取ることができることになります。

「鷹」への連想は、牧水の富士の歌にある「愛鷹」山によるのでしょうか。「印度」は、はっきりとはわかりません。想像をたくましくすれば、太宰治も名を連ねていた日本浪曼派の人たちが尊敬してやまないインドの詩人タゴール（アジア人として一九一三年初めてノーベル文学賞を受賞した）やインド独立の志士、二人のボース（チャンドラ・ボースと新宿中村屋の相馬夫婦に匿われ日本にインドカレーを広めたボース）からの暗示からかもしれません。「吉田の一夜」の場面では、「維新の志士」「鞍馬天狗」がだされますから、第二次世界大戦への歩みを続ける中での、ある雰囲気のささやかな反映かもしれません。インドは、我が国の古典世界では「天竺」と表現されていました。としますと『良弁杉由来』が用いられていることからから考えますと、『天竺徳兵衛韓噺』の外連《けれん》（見た目本位の奇抜さをねらった演出で、早変わり、宙乗り、ふすま返しなどの派手な演技・演出のこと）に満ちた技巧を考え、私もあの芝居のように技巧を張り巡らした作品をここに書いているのですよ、わかりますか、という読者への挑戦状なのかもしれません。『富嶽百景』の中で「私」が「単一表現」に苦悩したとありますが、その対極になるのが「外連」です。「単一表現」を俳句の世界と関連させて考える説もありますが、それはそれとして、自然主義・写生に関する言葉というよりも、こうしたことをちりばめて創り上げているのが、『富嶽百景』の方法である、といった方が取り敢えず、私はたいせつなことのように思われます。一種のアイロニーと考えた方がいいのかもしれません。あるいは「天竺浪人」ということばがありますが、これは多くの雅号・筆名をもつ平賀源内の戯号のひとつでもあるのですが、「ちくでん（逐電）」を逆にした語の当て字（アナグラムの一種）で、住所不定の人、流離する人の意があります。「私」の境遇に、ある意味で連想が働きます。

文藝作品を読むということの大切な方法として、先行作品との関係を押さえるという事があります。引用や本歌取りといった技法です。それは、ジャンルを超えて行われているテクニックです。後鳥羽院の和歌に、

見渡せば山もと霞む水無瀬川夕べは秋と何思ひけむ

（『新古今和歌集』春上）

というのがありますが、これはすぐわかるように『枕草子』初段の、

春はあけぼの
夏は夜
秋は夕暮れ
冬はつとめて

を意識して、『枕草子』の四季の美的感覚についての異議申し立てなのです。随筆・和歌というジャンルへのこだわりはここにはありません。異議申し立てをすることによって新しい美的価値を宣揚しているのです。もう少し強く言えば、価値の顚倒をはかる行為が、創造するということであり、レボリューションなのです。『富嶽百景』の作者は、「近代においてもっとも多く富士を歌った歌人」である牧水に対して、新しい富士を描いて見せる。牧水の富士とは異なる富士を描き出してやろうという心意気あるいは野心があったのです。そのことを享受者に伝えるために、「陸軍の測量図」とか、「沼津」とかを持ち出しているとは、考えられませんか。あるいはそれは、歴史・伝統の豊かな「和歌」に対する、坪内逍遙の『小説神髄』以来の小説

の流れに立って、今を生きなければならない小説家としての太宰治が試みたレボリューションであったのではないでしょうか。

二　なぜ、御坂峠へ

太宰治生誕百年を記念して二〇〇九年五月に出版された『文藝』別冊総特集『太宰治』は、「100年目の「グッド・バイ」」のサブタイトルを持っています。その中で松本和也は、『富嶽百景』を次のようにガイドしています。

東京での苦しい日々から逃れ〈昭和十三年の初秋、思ひをあらたにする覚悟〉で〈私〉は甲州御坂峠にやってきた。そこで、富士との〈対話〉を重ねながら周囲の人々との温かい交流を通して〈私〉は徐々に自己を取り戻していく。見合いをへての結婚にも、作家としての表現の思索にも関わる富士は、〈私〉の心的状態を写し出すバロメーターでもある。〈富士には月見草がよく似合ふ〉という一句も、こうした観点から見直す必要があろう。

『富嶽百景』を読もうとすると、確かにこの「富士には月見草がよく似合ふ」というメディアによって創り出されてきたキャッチコピーが気になってきます。このことを少し考えてみましょう。このことを考えるために、ここでも補助線を引いてみます。二人の文学者の証言です。A壇一雄の「小説太宰治」（『新潮』一九四七年七月号）とB折口信夫の「水中の友」（角川文庫『人間失格・桜桃』解説、一九五〇年九月）の二つです。

A　まあ、太宰の読書は、これだけの通ひ馴れた道を行きつ戻りつ、しかし、その都度思ひがけぬ甘い不思議な花を見つけて来る、といったふうの読みかただった。しばしば、気に入った文句を、自分流の妄想で勝手に、改変した原文の章句を、これまた自分流に口調よく作りなほして、人に聞かせたり、引用したりしてゐたが、時に原文の本旨と全く掛け違ったことすらある。

「選ばれたものの恍惚と不安と二つながら我にあり」

「罪なくて配所の月」

それから先程も引用した、

「生きることにも心せき、感ずることもいそがるる」

などは、どうしてどうして、太宰治の全生涯をゆすぶったあまりにも鍾愛の文学であった。

B　太宰君は勉強家で、小説の源頭の枯涸することを虞れて、いろんな古典を読んだ。さうして其効果は、いろんな形で、その作物の上に現れてゐる。この書物の上に彼の積んだ経験は、我々安んじて眺めることができる。だが、世上人としての経験は、学生と文学者以外になかった君である。君は懐子のやうな一生だった。

これから先、この二つを時に補助線として用いることで、『富嶽百景』がどのような作品なのかを考えていくことにします。もっともBの折口信夫の言説は、本書の「五　罌粟の花そして酸漿あるいはアレゴリー」のところではじめて具体的に触れますが、この言説を意識しておいて欲しいのです。そこで、『富嶽百景』の「私」が抱えている多くの課題について箇条書きにまとめておくことにしました。その方が、本書の趣旨をおわかりいただきやすいと考えるからです。それは、

ア　三年まへの冬～じめじめ泣いて、あんな思ひは二度としたくない。
イ　甲府での見合いとその行く末
ウ　わがままな駄々っ子のやうに思はれて来た私の裏の苦悩―人に理解されない
エ　「単一表現」に関わる芸術上の課題
オ　社会的弱者（乞食・遊女）に対するある種の無力感
カ　母子関係を含めた実家との距離感（結婚への援助を得られなくなった）

等々ですが、カ・エの問題についてはすでにすこし触れておきました。

それはともかく、「月見草」に戻りますと、まず最初に、檀一雄の証言にある太宰治のよく口にしていた「配所の月」というのが気になってきます。

「配所の月」の来歴を語ることが、『富嶽百景』の読みを試みる本書と、どこでどうむすびつくのか、あるいはいぶせく思われる方もいらっしゃるであろうことは、十分わかっているのですが、「急がば回れ」という言葉もあります。少し間道に入り、「配所の月」やそれに拘わる「歌枕を見に行く」ということについて書かせてください。

いうまでもなく、文藝作品を創り出す営為は、自分のことを告白すれば可能だ、ということにはなりません。別の言い方をすれば、人生とは、その喜怒哀楽、あるいは、生苦・老苦・病苦・死苦の四苦に、愛別離苦・怨憎会苦・求不得苦・五蘊盛苦を加えた八苦を描き出すものであって、そのための材料を吟味し、どう調理し、それをどう紡ぎ出すかが、作者の技量なのです。そのためには、「天上天下唯我独尊」を決め込むわけにはいきません。そこで、これまで用いられてきた一つの方法が、先行作品の組み替えあるいは組み込み、引用や先行作品を踏まえた上での喩であったことは、準拠・典拠・引歌・本歌取りなどといった日本の文藝史上のタームが示している通りです。

古典文学の作品の中には、様々な旅が描かれています。好んでする旅、仕方なくする旅、人が旅立つ理由はおそらく旅人の数だけあるのでしょう。旅立ち、都やふるさとに帰ることもあれば、漂泊の果てに見知らぬ土地にしばし憩い、そのまま定着したり、あるいは場合に拠っては、客死、野垂れ死にということもあったかもしれません。そう考えたとき、「配所の月」という言葉と併せる形で浮かんでくる言葉が、「歌枕」です。「歌枕」とは、古い時代には、和歌に関係する様々の用語のことを意味していましたが、後には、歌に詠まれた名所旧跡を主にさすようになりました。皆さんがよくご存じなのは、あとで少しふれることになる『伊勢物語』の東下りの「八つ橋」や「隅田川」、そこから派生した「業平橋」や「言問橋」など、実にたくさんありますが、もちろん「富士山」も「愛鷹山」も「千本松原」も言うまでもなく、代表的な「歌枕」です。

ところで、例えば、『江談抄』（一一〇四〜〇八年成立）三の十五にある、

入道中納言顕基　常に談られて云はく、「咎《とが》なくて流罪とせられて、配所にて月を見ばや」と。

というフレーズはよく用いられて、『古事談』や鴨長明の『発心集』、『徒然草』さらには『平家物語』、西行法師作と仮託されている『撰集抄』などにも引かれています。意味としては、『日本国語大辞典』（第二版）の「つみ【罪】」の小見出し「罪無くして配所の月を見る」は、次のように記していています。特に傍線部は気になるところです。

　罪を得て遠くわびしい土地に流されるのではなくて、罪のない身でそうした閑寂な片田舎へ行き、そこの月をながめる。すなわち、俗世をはなれて風雅な思いをするということ。わびしさの中にも風流な趣（おもむき）のあること。物のあわれに対する一つの理想を表明したことばであるが、無実の罪により流罪地に流され、そこで悲嘆にくれるとの意に誤って用いられている場合もある。↓はいしょ（配所）の月。

『日本国語大辞典』では、『平家物語』から尾崎紅葉の『三人妻』までの用例があげられており、傍線部のように、第一に「物のあわれ」に関わる語であることを強調しています。この傍線部のような心境はやはり風雅の道にいそしむ人士の言葉であって、組織あるいはある種の権威に対する忠誠心を保つ者にとってはなかなか逢着しづらいものであって、誤って用いられるとされる意味に近い思いが強くなるのでしょうか。鴨長明や西行あるいは能因法師といった隠者たち、そして彼らの生き方を慕った芭蕉といった、隠世の姿をとることによって生きる人たちと、私どものような塵埃の中で生きる人間との間にはかなりの懸隔があると思われます。

それでも、日本の文藝史の中の、小野篁や在原業平・行平兄弟、藤原実方や万里小路《までのこうじ》藤房にまつわるさまざまの史実と、史実とまでは確定できない伝承されてきた物語や逸話の数々を読んでいますと改めてそうした思いが強くなる一方、個人と組織とのかかわりがいつの世にも、実にやっかいな問題としてあることに今さらのように気付かされます。例えば、

　わたの原八十島かけて漕ぎ出でぬと人にはつげよ海人の釣舟

と詠んだ小野篁、あるいは、

　田村の御時に事にあたりて、津の国の須磨といふところに籠もり侍りけるに、宮の内に侍りける人につかはしける

わくらばに問ふ人あらば須磨の浦に藻塩たれつつわぶとこたへよ

と詠んだ、在原業平の兄在原行平などは、『源氏物語』「須磨」巻などに引かれているように、後世からいえば、ある生き方あり方のモデルとなっていたとも言えましょう。

さて、その在原業平が、強くかかわっている『伊勢物語』の中でも、人口に膾炙し、後世に文藝だけではなく、演劇や美術などに多くの素材を提供した「東下り」（九段）の詞章は、次のように始まります。

むかし、おとこありけり。そのおとこ、身をえうなきものに思ひなして、京にはあらじ、あづまの方にすむべき国求めにとていきけり。

この話が、どのように受け止められてきたか。さまざまな受け取り方があったのだということが、『伊勢物語』の享受史をみるとわかってきます。そうした受け取り方の一つが次の『古事談』巻二ノ二七（伝本よれば二八）に載せられている説話です。

業平朝臣、二条の后（宮仕へ以前）を盗みてまさに去らんとする時、兄弟達（昭宣公等）追ひ至りて奪ひ返す時、業平の本鳥《もとどり》を切ると云々。仍りて、髪を生やす程、歌枕を見ると称し、関東に発向しけり（伊勢物語に見ゆ）。奥州八十嶋に宿りける夜、野中に和歌の上を詠ずる声有り。其の詞に曰はく、「秋風の吹くに付けても穴目々々」と。音に就きてこれを求むるに人無く、只一つの髑髏あり。明旦猶これを見るに、件の髑髏目穴より薄生ひ出でたりけり。風の吹く毎に薄のなびく音此《かく》のごとく聞こえけり。奇怪の思ひをなす間、或る者云はく、「小野小町この国に下向し、この所にて逝去す。件の髑髏なり」と云々。ここに業平隣哀《あはれみ》を垂れ、下句を付けて云はく、「小野とはいはじ、薄生ひけり」と云々。件の所を小野と云ひけり。この事『日本紀』に見えたり。

ここでは、「東下り」のことが、傍線部のように、「歌枕を見る」旅として受け止められています。この話の類話は『江家次第』巻十四「即位」付「后宮出車事」や『和歌童蒙抄』そして『無名抄』等にのせられていますが、『（北畠）親房卿古今集序注』（続群書類従第十六下和歌部）では、実方朝臣下向の時に、ふるき首の目の穴より薄の生出けるをみて、取りのけたりとも言也。

とあって、傍線部のように、後からお話しする藤原朝臣実方の話となっており、さらに『無名草子』では藤原道信の夢の中に小町が現れた話となっています。要するに『髑髏《どくろ》小町』の説話のバリエーションとも考えられるわけです。しかし、ここで採りあげたいのは、「東下り」の話を「歌枕を見ると称し」旅をした理解とする人たち、例えば、『古事談』の編者である源顕兼のような人がいたということなのです。身の置き所がなくて、自分の生きることができる場所を捜して、旅に出ることも「歌枕見に」行くことの一つだという理解があったのです。『富嶽百景』の「私」は、歌枕である「富士山」へ「すむべき国」を探しにと向かったのです。いうまでもなく「すむべき国」とは、実際に居住することのできる場所を意味するだけではなく、自分が自分に相応しい生き方在り方を見つけることのできる居場所を見つける旅でもあった筈です。

好んでする旅、仕方なくする旅、人が旅立つ理由はおそらく旅人の数だけあるのでしょう。旅立ち、都やふるさとに帰ることもあれば、漂泊の果てに見知らぬ土地にしばし憩い、そのまま定着したり、あるいは場合に拠っては、客死、野垂れ死にということもあったかもしれません。そう考えたとき、「歌枕」という言葉と併せる形で浮かんでくる言葉が、太宰治が好んで口にした「配所の月」です。

「配所の月」を見たのは、藤原実方も万里小路藤房もそうでした。念のために、この二人のことも、書いておきます。もう少しお付き合いください。

まずは、実方の場合です。『十訓抄』下巻八ノ一は藤原実方と藤原行成の喧嘩の話とその後日談を載せています。少し長いものですが次に引いておきました。

大納言行成卿、いまだ殿上人にておはしましける時、実方中将、いかなるいきどほりかありけむ、殿上に参りあひて、いふこともなく、行成の冠をうち落として。小庭に投げ捨ててけり。行成、少しもさわがずして、主殿司を召して、「冠取りて参れ」とて、冠して、守刀より、かうがい抜き出して、鬢かきつくろひて、居直りて、「いかなることにて候ふやらむ。たちまちに、かうほどの乱罰にあづかるべきとこそおぼえ侍らね。その故をうけたまはりて、後のことにやはべるべからむ」と、ことうるはしくいはれけり。実方はしらけて、にげにけり。

をりしも小蔀より、主上御覧じて、「行成はいみじきものなり。かくおとなしき心あらむとこそはおもはざりしか」とて、そのたび蔵人頭あきけるに、多くの人を越えて、なされにけり。実方をば、中将を召して、「歌枕見て参れ」とて陸奥守になして、流し遣わされける。やがて、かしこにて失せにけり。

実方、蔵人頭にならでやみにけるを恨みて、執とまりて、雀になりて、殿上の小台盤にゐて、台盤を食ひけるよし、人いひけり。

一人は忍にたへざるによりて、前途を失ひ、一人は忍を信ずるによりて、褒美にあへると、たとひなり。

藤原実方は、平安中期の貴族、歌人で三十六歌仙人の一人です。侍従定（貞？）時の子で母は左大臣源雅信の一女。小一条左大臣師尹は祖父にあたります。『栄華物語』には、両親が早世したため、叔父の左大将済時の養子となり、また済時室の母である源延光室（藤原敦忠女）にも養育されたとあります。天延元（九七三）年叙爵。右兵衛権佐、左近少将、右馬頭、左近中将等の武官を歴任、長徳元（九九五）年正月陸奥守に任ぜられました。この下向は、先に引用したように藤原行成の冠を投げて、一条天皇から「歌枕見て参れ」と命じられたための話が伝わっていますが（『古事談』二にも）、赴任の際正四位下に昇叙されており、この話はどうも、実方が中将であったことから在中将在原業平へ連想が働き、小大君・源満仲女ら多数の女性とも交渉を持ち、殊に清少納言とは恋愛関係にあったことなどから、実方の色好み的な性格から生じた一種の貴種流離譚の話型に拠るものともとれ、本来は左遷ではなかったとも考えられます。源融や在原業平に関わる「東国憧憬」がこうした話の背後にはあるのでしょう。長徳四年十二月、陸奥で卒したと伝えられています。宮城県名取市愛島《めでしま》の笠島道祖神社には中将実方の墓が伝存しており、実方は当社前で下馬せずに急死したという話が『源平盛衰記』七に載せられています。

この話には後日談があり、西行の『山家集』には、

陸奥国にまかりたりけるに、野の中に常よりもとおぼしき塚の見えけるを、人に問ひければ、中将の御墓と申すはこれがことなりと申しければ、中将とは誰がことぞと又問ひければ、実方の御ことなりと申しける。いとかなしかりけり。さらぬだにものあはれに覚えけるに、霜枯れ枯れの薄ほのぐと見えわたりて、後に語らむにも言葉なきやうに覚えて、

朽ちもせぬその名ばかり留め置きて枯野の薄形見にぞ見る

とのり、松尾芭蕉は、『奥の細道』は西行の歌を受けて次のように記しています。

あぶみ摺・白石の城を過、笠じまの郡に入れば、「藤中将実方の塚はいづくのほどならん」と人に問へば、「是より遙か右に見ゆる山際の里をミのわ・笠嶋と云ひ、道祖神の社・かたみの薄今にあり」と、をしゆ。此比の五月雨に道いとあしく、身つかれ侍れば、よそながらながめやりて過ぐるに、みのわ・笠じまも五月雨の折にふれたりと。

笠嶋はいづこさ月のぬかり道

「五月雨」といえば、実方の『拾遺和歌集』に採歌された、

五月闇くらはし山の時鳥おぼつかなくもなきわたるかな

が、思い出されます。実方は、歌人としては、『百人一首』に採られている、

かくとだにえやはいぶきのさしも草さしもしらじなもゆる思ひを

が有名ですが、これも「五月闇」の歌同様、技巧が勝ちすぎていて、私はあまり好きではありません。

ところで、この二首の歌の「くらはし山」や「いぶき」（二箇所の候補地あり）もそうですが、実方の歌には次にあげますように、多くの地名（歌枕とその候補地）が読み込まれています。

いかでかは思ひありとも知らすべき室の八島のけぶりならでは
開けがたき二見の浦による浪の袖のみ濡れて沖つ島人
わがためはたな井の清水ぬるけれどなほかきやらむさてはすむやと
船ながら今宵ばかりは旅寝せむ敷津の浪に夢はさむとも
昔見し心ばかりをしるべにて思ひぞおくるいきの松原
やすらはで思ひ立ちにし東路にありけるものをはばかりの関

こうした、歌枕を読み込んでいくところに、実方の歌の特色があり、実方にまつわる伝承の背景を形成して行くことになるのでしょうが、私は、むしろ、『撰集抄』巻八第一八の歌と逸話の方が稚気があって好きです。

むかし、殿上のおのこども、花みむとて東山におはしたりけるに、俄に心なき雨の降りて、人々、げに騒ぎ給へりけるが、実方の中将、いと騒がず、木のもとによりて、かく、

桜狩り雨は降りきぬおなじくは濡るとも花のかげにやどらむ

と詠みて、かくれ給はざりければ、花よりもりくだる雨に、さながら濡れて、装束しぼりかね侍り。このこと、興あることに人々おもひあはれけり。又の日、斉信大納言、主上に「かゝるおもろしろき事のはべりし」と奏せられけるに、行成、その時蔵人頭にておはしけるが、「歌はおもしろし。実方は烏滸《おこ》なり」とのたまひてけり。この言葉を実方もれ聞き給ひて、深く恨みをふくみ給ふとぞ聞こえ給ふ。

おそらくは、こうしたところにも実方が、一条天皇より「歌枕見て参れ」と言われ、陸奥に赴任することになったといった逸話が語られるようになる一因があったのでしょう。そして、その背景にあるのは、実方が自らまいた種ということが原因としても、陸奥において客死した

こと、それは言い換えると一条天皇の言葉と行成の沈着冷静ないわば官僚的態度が実方を死に追いやったという見方があったということであり、それに振り回された実方の生き方あり方自体がある種の同情を呼び、彼自身の事蹟が新しい「歌枕」を発生させていったのでしょう。あるいは、陸奥の方で何らかの政治的な理由があり、中央の有力な貴族の赴任を求めるようなことがあったのかもしれません。『今昔物語集』には実方の名前は巻十九「陸奥國神、報平惟叙恩語三十二」巻二十四「藤原実方朝臣、於陸奥國読和歌第三十七」同「大江匡衡和琴読和歌語第五十二」巻二十五の「平惟茂、罸藤原諸任語第五」等に登場します。巻二十四第三十七話では「思ひもかけず、陸奥の守になりて、其の国に下りて有りけるに」と書かれています。

なお、念のために、藤原実方にまつわる説話を『和歌文学大事典』などによりまとめておきますと、ほぼ、次の四種類になります。参考にして下さい。

1　藤原行成との不和説（『撰集抄』巻八）……殿上人が東山で花見をしにいったおりににわか雨に遭い、実方木の下雨を避けて

桜狩り雨は降り来ぬ同じくは濡とも花なの蔭にかくれん

と詠んだのを行成が「歌はおもしろし。実方は烏滸なり」と言ったのを実方が恨んだ。

2　行成との口論（『古事談』二『十訓抄』八）……実方が殿上で行成の冠を投げ捨てたのを一条天皇が御覧になっていて「歌枕見て参れ」と陸奥守に任ぜられた。

3　陸奥での死亡に関する説（『源平盛衰記』七）……奥州名取郡笠嶋の道祖神の前を下馬せず、そのまま通ったため神の怒りに触れ落馬し蹴殺された。

4　死後雀になった話（『今鏡』十『古事談』二他）……実方が蔵人頭に任じられなかったことを恨んで、死後雀になって殿上の小台盤の辺りにいた。

なお、藤原行成の日記である『権記』の長徳元（九九五）年九月二十七日の記事は、実方の陸奥守就任について、喧嘩のことは全く触れておらず、次のような内容を伝えています。行成が意図的に回避したのか、当時の男性貴族の「日記」の性格からか、はたまたそうした事実がなかったのか、よくわからないのですが、倉本一宏氏の全現代語訳によって引いておきます。

戌剋《いぬのこく》、陸奥守（藤原）実方朝臣が、赴任をするということを奏上させた。先ず殿上の間において酒一、二巡を勧めた〈内蔵寮が肴物を準備した。重喪人であるので、精進物を準備した〉。その後天皇は昼御座に出御された。蔵人（藤原）信経が、天皇の仰せを承って実方朝臣を召した。実方朝臣は召しに応じ、孫廂の南第一間に伺候した。次に蔵人頭（藤原）斉信朝臣を召した。斉信朝臣は仰せを承って禄を取った。母屋の南第一間の障子の戸から、これを下賜した〈支子《くちなし》染の衾一条、及び御下襲一具である。通例は紅染の袿を下賜する。ところが今回は支子色を用いた。「有るのに随った」ということだ〉。別に天皇の仰詞があり、また正四位下に叙せられた。禄を下給され、また仰詞を承って退出した。重服であったので、拝舞を行わなかった。（講談社学術文庫『権記』上　二〇一一年十二月）

こうした赴任の状況を見てみますと、実方自身は、かなり丁寧な扱いを受けており、簡単に左遷であったとするのには、疑問が残ります。『今昔物語集』巻二十五の「平惟茂、罸藤原諸任語第五」冒頭の、

今は昔、実方の中将といふ人陸奥守になりて、其の國に下りたりけるを、其の人やむことなき公達なれば、國の内のしかるべき兵ども、皆前々の守ににず、此の守を饗応して、夜昼舘の宮仕へ怠ること無し。

と言う事情となにか脈絡があるのかもしれませんが、詳しいことはわかりません。しかし、実方の行成に対する過剰なまでの反応ぶりは、実は太宰治に共通する部分があるのです。例えば、太宰治は、後年、「小説の面白さ」（「個性」昭和二十三年三月号アンケート「小説とは何か」への回答）で、島崎藤村の『夜明け前』について「藤村といふ人」という書き方をします。既に権威となった存在や評価の高い作品でも、自分の価値観に合致しないものには、ある種の韜晦をもった皮肉や恥じらいを押さえ込んだ攻撃をする癖があったのです。こうしたことは、芥川賞落選時における川端康成への思い（90頁参照）などにも見られるのではないかと思っています。

そのことはさておき、こうした、様々の逸話を通して、藤原実方の生き方在り方を見ると、少し、粗忽というか、気が短いというか、面白いというか、行成の評語「烏滸《おこ》なり」にこだわれば、古典世界でいう所謂「烏滸物語」の主人公になれる要素を保っていた人物ということになりそうです。「烏滸」ということばは、「単に馬鹿なこと」とか「思慮が足りない」という意味だけに終わらず、私たちに、文藝史の中の「烏滸物語」という存在を思い浮かばせてくれます。滑稽譚、阿呆物語の類いで、例えば『伊勢物語』でいえば、六三段の「つくも髪」の嫗、六五段の「在原なりける男」や『落窪物語』の「典薬助」「面白の駒」といった脇役、あるいは『源氏物語』の「源典侍」などの物語で、さらには、『醒睡笑』、『昨日は今日の物語』など舌耕文藝の世界をも含んでいます。多少の嗜虐性をもって、戯画的行動を描写によって創り出された作品群です。谷崎潤一郎の小説、例えば、里見弴によって「天下第一奇書」とされた『武州公秘話』や『聞書抄』にもこの要素は入っています、こうした日本の文藝史おける人物像は、太宰治の『畜犬談』をはじめとする主人公達に明らかにつながっています。

さて、実方のことはここまでにして、いま少し、別の間道を歩かせてください。万里小路《までのこうじ》藤房のことです。

次に引用するのは『英草紙』第一巻「後醍醐の帝三たび藤房の諫《いさめ》を折《くじ》く話《こと》」の一節で、ここにも「歌枕」を見に行かされた男の物語が描かれています。

万里小路藤房卿は宣房卿の子なり。幼きより好んで書を読み、博学強記和漢の才に富みて、早く中納言となる。建武の帝に命じて尚書を講ぜしめたまふに、よく其の旨を解き得たりしかば、帝深く其の才を愛し、常に左右に侍せしめたまふ。元弘の変に、帝武家にとらはれさせたまふ折からも、藤房是に従ひ奉る。御開運の後つひに上卿となる。此の時、速水下野守といふもの、もとは参河国の住人にて、足助重範が一族なるが、官軍没落してより東国に逃げ下り、ここかしこにせくぐまり、公家一統の時を待ち得て、都に登り、万里小路藤房卿について、天気を窺ひしに、速水が幸はひにやありけむ、何事にや叡慮うるはしき折からにて、不便に思し召され、一ケの荘を宛て行はれ、一首の古歌をたまふ。

あづま路にありといふなる逃水のにげかくれても世をすぐすかな

藤房この歌を見て、博識の人なれども、いかがしたりしや、此の歌を知りたまはで、是古歌なるとは思ひも寄らず、帝の新製の歌なりと思ひ、「逃水のこと不審はれず。かれが姓をよみいれられしとはみえたれども、逃水といふつづきいかならん。其の上速水の速の字に、逃ぐるの意なし」と、難じたりければ、帝大いに御気色損じ、次の日藤房召して「東の歌枕見てこよ」と、追ひやりたまふ。

「東の歌枕見てこよ」と追いやられた藤房は、武蔵野まで彷徨いきて、「逃げ水」の話を「からうじて一人の田夫」から教えられ、「自分から眼狭きことを恥て、『歌枕見よ』の叡慮も、これを思ひ知らしめんためなるべし」と都に帰ることになります。

万里小路藤房は、現在ではあまり語られることはなくなってしまいましたが、後醍醐天皇に仕え、建武の中興の時の忠臣の典型として、頼山陽の『日本外史』の中の楠正成や児島高徳などの忠勤ぶりを描いた文章が明治から大正の文部省検定の読本などでも採りあげられた人物でした。『国史大辞典』から必要なところを抜き出しその略歴を紹介しておきますと次のようになりますが、傍線部のように、「東下り」をさせられ、最後は出家して後をくらましています。

生没年不詳。鎌倉時代後期の貴族、後醍醐天皇の近臣の一人。正二位、中納言。権大納言万里小路宣房の息。参議万里小路季房の兄。文保二年（一三一八）正五位下右少弁。それ以前の官歴は不明。以後、弁官として昇進し、元応二年（一三二〇）に後醍醐天皇の中宮（西園寺禧子、礼成門院。後京極院とも）の亮を兼ね、元亨三年（一三二三）蔵人頭。同年弟季房も弁官となったため、「兄弟弁官例」とされた。正中元年（一三二四）参議、嘉暦元年（一三二六）権中納言となり、元弘元年（一三三一）正員に転じたが、同年、後醍醐天皇の討幕の謀が漏れると、天皇とともに事前に行方を晦ませたが、まもなく捕えられ、翌年常陸国に配流となった。元弘三年、鎌倉幕府滅亡後、京に戻り建武の新政府に出仕したが、翌年の建武元年（一三三四）十月五日出家した。その後の消息は不明で、妙心寺二世授翁宗弼が藤房であるとの巷説も生じた。出家については、伊勢貞丈『藤房卿遁世之条考』がある。藤房は後醍醐天皇近臣中の硬骨漢であり、建武新政の誤りを天皇に直諫したが容れられずに出家失踪したという話や、雨中の笠置山での天皇との和歌の応酬など、『増鏡』

『太平記』ほかに逸話が散見する。日記としては、嘉暦元年改元記（四月二十六日条、『歴代残欠日記』五五）が残るのみ。

さて、『英草紙』、この作品は、江戸時代に都賀庭鐘《つがていしょう》によって書かれた読本の最初の作品とされるものですが、藤房の生涯は、この辞典の傍線部「藤房は後醍醐天皇近臣中の硬骨漢であり、建武新政の誤りを天皇に直諫したが容れられずに出家失踪したという話」が中心になっていきます。その部分の典拠となったのは、『太平記』が中心であったと考えられています。しかし、そこには、この「歌枕」に関する逸話は出てきません。おそらくは、作者である都賀庭鐘が『十訓抄』などの実方の逸話などを組み合わせ創作したものであろう、と考えられています。その背景には、藤房が常陸国に配流になった、つまり「東下り」を余儀なくされた人物であったということが重なっていることはいうまでもありませんし、藤房が和歌を詠むことができた、当代一流の文化人であったことも作用しているのでしょう。あるいは、『太平記』巻第三「笠置城没落の事」における後醍醐天皇と藤房の和歌の応答がかすかに響いているのかも知れません。笠置城が六波羅勢に責められ炎上し、逃走を図って三日目のことです。

とかくして昼夜三日に、大和国高市の郡なる有王山というところまで落ち着かせ給ひけり。藤房・季房も三日まで食を絶たられければ、足跛え身疲れて、今はいかなる目に遇ふとも、一足も行くべき心地もせざりければ、力なく幽谷の岩を枕にて、君臣兄弟諸共に、うつつの夢に臥し給ふ御心の内こそ痛ましけれ。さらぬだに、習わせ給はぬ旅寝はかなしかるべきに、夜風ひとしきりに松におとして過ぎけるを、雨の降るかと聞こし召して、木陰に寄らせ給ひたれば、下露のはらはらと御袖に懸かりけるを、主上御覧ぜられて、

　さして行く笠置の山を出でしよりあめが下には隠れ家も無し

と仰せられけるを、藤房卿うけたまはって、「げにさこそ宸襟をいたましめおはすらん」と悲しく覚えければ、

　いかにせんたのむの陰とて立寄れば猶袖ぬらす松の下露

とつかまつり、君も臣も諸共に、草の露打ち払い、苔むせる岩のありけるを御座として、「こはそもそも、何となり行く世の中ぞや。治世の程は何となく、万の政、叡慮に任せずとはいへども、これまでの事は無きものを。天照大神・正八幡宮もいかが照見し給ふらん。あさましきかな、十善の天子たちまちに外都に行在して、逆臣のために災ひに逢ふこと類ありとはいへども、いまだかかる様をば聞かず」とて御泪に咽ばせ給へば、藤房もさこそ

と思はれては、そぞろに袖を絞られける。

藤房にまつわる様々な逸話の中でも、後醍醐天皇に寄り添う忠臣としての姿が見事に描き出されている場面でしょう。「あめが下には隠れ家もなし」とは、桜の樹下に雨を避けた実方の「もののあはれ」に比べあまりにも「かなし」といわざるをいわざるを得ないというのは感情移入のしすぎでしょうか。しかし、これほどまでに後醍醐天皇に仕えた藤房も最後は天皇から離れていってしまうことになります。そこには、天皇への何度もの諫言が結局は受け入れられず、やむにやまれず出家隠遁の道を選ぶということであって、晩年に再び旅を選んだことになります。それを『太平記』巻十三「藤房発心の事」は詳しく描いていますが、ここでは、その章段の最後の部分だけを引いておきます。ここには、権力の暴走に弄ばれた藤房の人生が見え隠れしているといってもいいでしょう。

藤房卿遁世の後、朝廷いよいよ危ふきに近しとする事多ければ、天下また静ならず。いかがと智臣はかねてぞ嘆きたる。

さて、実方と藤房の二人には、史実であったかどうかは全く別の次元の問題としても、ともに「歌枕見て参れ」あるいは「東の歌枕見てこよ」というように「歌枕を見てくるように」の意の勅命を受けたという伝承を持っているし、その最後はこれまた伝承の中に消え去ってしまっています。このことは、こうした言説が天皇の権威や権力の行使を意味しているし、あるいは、その言説がもたらした結果としての生涯の閉じ方であったことを暗示しているのではないでしょうか。

ここで、実方、藤房の「歌枕」に関わる物語を踏まえた上で、森鷗外の話に行きます。古典の話をさんざん彷徨《さまよ》った挙げ句に、なんでいきなり鷗外なのとは言わないで下さい。

最近、私は『謎解き森鷗外』という本を新典社からださせていただきましたが、そこで鷗外の作品を読み解き、鷗外自身が、いかに日本の古典文藝の世界を自身の作品の血と肉にしているかを明らかにしておきました。鷗外が多くの西欧の文物を咀嚼し、自分のものとして生かしてきたか、そのことは今更言うまでもありませんが、それ以上に、鷗外は日本の文藝史を自分のものとしていたのです。三鷹の禅林寺の森鷗外の墓のそばに、太宰治の墓があることはいうまでもありません。太宰治が芥川龍之介の講演を聴いたあと、幾ばくもなく芥川が自殺したことに衝撃を受けたことはよく知られていますが、太宰治が、鷗外を尊敬していた証左はいくつかあります。

鷗外と太宰治の思想にコミットする余裕はいまはありませんが、小泉浩一郎の「太宰治と森鷗外」の、

（その意味で）太宰最晩年の思想的境地も亦、プラトンの共産主義的な貴族主義的国家像を否定し、アリストテレスの資本主義的な民主主義的国家像を肯定した「古い手帳から」（大一〇・一〇―一一・七『明星』）に象徴的に示される鷗外最晩年の思想的境地に見事に重なりうるのであり、太宰治と森鷗外という課題の持つ思想的かつ文学的意味は、今日ますます重いと言えよう。

（「国文学　解釈と鑑賞」特集「太宰治　没後五十年」二〇〇八年六月号所収）

という、一文は、検討を要するものの、貴重な指摘であったといえます。というわけで、本書の最後の方で必ず鷗外の作品に戻ることになります。『富嶽百景』の最後の読みに、鷗外の短編小説『杯』が必要となるのです。

まずは、鷗外が、日清戦争に従軍した時の『徂征日記』明治二十八（一八九五）年五月の条

から、中でも十五日の記事、

十日。和親成れりと云ふ報に接す子規来たり別る凡董等の歌仙一巻を手寫して我に贈る。

十五日。朝開航す午旅順に至る野戦衛生長官を見る長官の云はく吾將に卿をして台灣に赴きて以て其風土を觀ることを得せしめんとす。

　ゆけといはゞやがてゆかむをうた枕見よとは流石やさしかりけり
夜中川十全と劇を見る還りて北洋醫院に宿す。

二十四日午後六時樺山台灣總督と横濱號船に上り宇品を發す舟中一少年あり善く談ず之を問へば長田秋濤なり。

二十六日風雨未だ歇まず。

二十八日大風雨午後十時台灣淡水に抵る。

　高砂のこれや名におふ島根なる遠くも我はめぐりこしかな

この部分については、酒井敏に実方の逸話を踏まえた明快な論があり（『森鷗外とその文学への道標』新典社、二〇〇三年三月）、何か付け加えることは無用のことだと思われるのですが、あえていえば、鷗外の発想の中にあったのは、実方の故事だけであったのか、藤房のことはなかったのかという想いがあります。藤房のことを読み込んでみると、この歌の解釈はどうなるのでしょうか。いうまでもありませんが、日清戦争の当時、台湾は高砂とも呼ばれていました。この「高砂」からの発想がこのエピソードの背後にはあります。

『日本人物文献目録』(http://japanknowledge.com 二〇一四年一月八日参照)によれば、この当時、以下のような書物があり、実方は勿論のこと、忠臣万里小路藤房のイメージはある程度は弘通し始めていたのではないかと考えらます。

中沢寛一郎(編)溝口嘉助『仮名挿入皇朝名臣伝』明治一三(一八八〇)年
田中喜太郎　田中薫『余芳追懐録　万里小路藤原藤房公』明治二七(一八九四)年

また、興譲館の創始者でもあり陸軍省にも一時勤め「明六社」に儒学者でありながら関係していた阪谷朗廬の漢詩にも藤房は詠まれていました。こうした藤房顕彰の思想的な背後のあるのは頼山陽の『日本外史』や『日本政記』等の業績があったと考えられます。また、学校教育に用いられている「読本(読本)」の教科書には、楠正成・正行の逸話とともに登場してきていますので、鷗外には、藤房のことはその視野に入っていたと考えられるのです。そのことを踏まえた上で、五月十五日及び二十八日の歌を読むとどうなるでしょうか。たしかに十五日の、

ゆけといはゞやがてゆかむをうた枕見よとは流石やさしかりけり

の歌にはある種のパラドックスや韜晦はたまた屈折した自尊心の現れがあります。それは、ようやく日清戦争の闘いが終わり、落ち着いた生活が手に入るという期待が裏切られたことによるものなのでしょうか、あるいは野戦衛生長官たる石黒忠悳《いしぐろただのり》に対する思い入れがあるという解釈の余地も十分にあって然るべきでしょう。しかし、そうしたこととは別の次元の問題、具体的には「ゆけといはゞやがてゆかむを」という逆接の中に潜むものであり、「うた枕」が二十八日の歌にあるように、台湾が当時「高砂」とも言われていたことに由来するものであって、そこにこめられたイロニーが、実は、鷗外がもっとも表現したかったものでないかと私には思われるのです。

歌枕「高砂」といえば、「松」と組み合わされて多くの歌を生み出しましたが、『古今和歌集』に採歌された藤原興風の、

誰もかも知る人にせむ高砂の松も昔の友ならなくに

は『百人一首』にも採られよく知られています。ここにあるのはある種の孤独感といってもよいでしょう。さらに、「高砂」といえば、謡曲の『高砂』も無視することはできません。この作品の中の言説はある意味きわめてよく謡われたものでした。一つは、

四海波静かにて、國も治まる、時つ風、枝を鳴らさぬみ代なれや、逢ひに相生の、松こそめでたかりけれ。げにや仰ぎても、事もおろかやかかる代に、住める民こそめでたけれ。

であり、今一つは、

高砂や　この浦舟に帆を上げて、この浦舟に帆を上げて、月もろともに、出で潮の波の淡路の島影や、遠く鳴尾の沖過ぎて、はや住江に着きにけり。はや住江に着きにけり。

の二つの部分です。いずれもめでたいものとされ、かっては必ず結婚式の三三九度のあとでよく謡われたものでした。鷗外が到着した台湾は、戦争状況の中であって「四海波静かにて、國も治まる」状態でなかったし、台湾への航海も実際には「風雨未だ歇まず」「大風雨」を衝いての航海であり決して「波静か」でなものではありませんでした。「はや（台湾）にも着きにけり」ではけっしてなかったのです。そして台湾自体も戦乱の状態であって「事もおろかやかかる代に、住める民こそめでたけれ」という状況ではありませんでした。だからこそ、

高砂のこれや名におふ島根なる遠くも我はめぐりこしかな

となるのでしょう。では、「流石」とは、何が「流石」なのでしょうか。これは続く「やさし」の意味とかねて考える必要がありましょう。「歌枕を見よ」命じることができたのは、実方の場合は一条天皇、藤房の場合は後醍醐天皇であって、至尊の存在、絶対的な権力者にして、勅撰和歌集の編纂を命じることのできる歌道の最高の権威者であるからこそなすことができた言説であった筈です。臣下が他の臣下に向かって言えた言説では決してなかったのです。それをいう、臣下である筈の石黒忠悳に対する鷗外の思いがあり、それが端的に表現されたのが「や

さし」という評語でした。とするならば、この語は決して「(思いやりのある) 優しい」の意味ではないはずです。『日本国語大辞典』(第二版) が説明する、

自分の行為や状態などに引け目を感じる。人や世間の思惑に対して気恥ずかしい。きまりが悪い。肩みがせまい。みっともなくて恥ずかしい。

といった思いを込めた語感であると捉えることができましょう。「恥ずかしい」「つらい」と言った重い意味があると考えられます。それは、臣として越えてはならない言葉遣いをする者への批判を含んだ語であり、しかも表面的には「(思いやりのある) 優しい」という意味を匂わすことによって、そしてなおかつそうした批判をかわすだけの仕掛けをもった表現であるといえましょう。だからこそ「高砂のこれや名におふ島根」と表現し「遠くも我はめぐりこしかな」ともなるのです。

さらに言えば、この「やさし」には、山上憶良の「貧窮問答歌」の反歌である、

世の中を憂しとやさしと思へども飛び立ちかねつ鳥にしあらねば

までの思いがふくまれているのかもしれません。陸軍という絶対的な組織の中では抗命はゆるされませんから、「ゆけといはゞやがてゆかんを」（古語「やがて」はすぐにの意）は当然のことです。そうした権力構造の中での思いがこの歌にはあるのですが、いかがでしょうか。そうした思いが鷗外の文藝の底辺には流れているのではないでしょうか。

以上「歌枕見に」行くあるいは「歌枕見に」行かされた文藝史上のエピソードのいくつかについて、お話し致しました。ここで、最初の業平の例に戻ります。

むかし、おとこありけり。そのおとこ、身をえうなきものに思ひなして、京にはあらじ、あづまの方に住むべき国求めにとていきけり。

として、旅立ったのは、「むかし、おとこ」そして、この旅は、後世「歌枕」を見る旅という方便によって、説明されました。さらに、こうした旅とその果ては、中世という時代もあって、一つの理想ともなり、「配所に月を見る」といった言説をも生み出したのです。その遠景には、業平が六歌仙の一人という評価をもった文藝上の存在であったということを見逃すわけにはいかないことはもちろんですが。

さて、ここまで長い間遠回りをしてきました。なぜこのようなことをしたのかというと、これまた、唐突な言い方になりますが、太宰治の『富嶽百景』の「私」の御坂峠への旅は、業平・実方・藤房・鷗外という、この文藝史の流れの中に捉えることができるのではないかと考えているからです。太宰治自身は、御坂峠から甲府の町へとの生活をどのように捉えていたか。もちろん随筆にも虚構があるのは自明のことですが、次のようなことを書いています。

甲州を、私の勉強の土地として紹介してくださったのは、井伏鱒二氏である。（略）ひそかに勉強をするには、なるほどい丶土地のようである。つまり、当たりまへのまちだからである。強烈な地方色がない。土地の言葉と、あまりちがはないやうである。妙に安心させるまちである。けれども、下宿の部屋で、ひとりぽつんと坐つてみてもやつぱり東京にゐる気がしない。日ざしが強いせゐであらうか。汽車の汽笛が、時折かすかに聞こえて来るせゐかも知れない。どうしても、これは維新の志士、傷療養の感じである。

（一九月十月十一月）「国民新聞」朝刊第一六八九八〜一六九〇〇号連載の最後の章「甲府偵察のこと」鳥居邦朗編作家の随想『太宰治』日本図書センター、一九九六年十月所収による）

この「維新の志士」は、『富嶽百景』にも用いられていますが、文藝史の流れの中で、新しい文藝の創造をめざし、レボリューションをたくらむ太宰治自身の想い入れがあることは、間違いないでしょう。

「歌枕」を「配所」としそこで「月」を見るということは、和歌という最高の文藝の道を究める、風雅のための最高の環境整備であったとすれば、どうでしょうか。

本書では重いやっかいな太宰治の人生の多くを語るつもりはないのですが、後年太宰治の墓前で自殺をした田中英光は、昭和十（一九三五）年、復刊した雑誌「非望」に「空ふく風」という短編を発表した時、当時、千葉の船橋にいた太宰治から次のようなはがきをもらい、貴重な生きる糧にしていたことを記した上で次のように書いています。

一体に、記念品を残すのが嫌いな僕は、このおハガキでさえ、最早、どこかになくしてしまたが、それでも思い浮ぶまま記してみると、それは次のような文章であった。

「君の小説を読んで、泣いた男がある。かつて、なきことである。君の薄暗い竹藪の中には、ひとり、カグヤ姫が住んでいる。しかし君、その無精髭を剃り給え。私はいま、配所に、ひとり月をみている」

（山内祥史編『太宰治論集　同時代篇』第2巻、ゆまに書房、一九九二年十月所収の田中英光「太宰治さんのこと」）

昭和十年の六月、太宰が盲腸炎から腹膜炎を併発し、篠原病院、世田谷経堂病院で入院加療中のことで、「三年まへの冬、私は或る人から、意外の事実を打ち明けられ、途方に暮れた。その夜、アパートの一室で、ひとりで、がぶがぶ酒のんだ。一睡もせず、酒のんだ。」と書かれたことに関わります。パビナール中毒になるのも、この直後であったし、このことを引きずって、御坂峠に来ることになるのです。御坂峠は「配所」の延長上にあり、「配所の月」は、太宰治にとっては、決して他人ごとでなかったのです。

閑話休題。「配所に月を見る」姿を示しているものはなにか、言語遊戯・駄洒落ではありませんが、それは、文字通り「月見草」でしょう。さらに付言すれば、「草」には、戦場で山野にひそみ敵情をさぐる者という意味もあります。とすれば、文藝史の流れを見極めようとする姿勢をも含意することになります。今さら引用するのもはばかられる『富嶽百景』の一節は、

「富士山には、月見草が、よく似合ふ」でした。

本当に、またも唐突な言い方になってしまいました。ここからは、太宰治の『富嶽百景』を少しですが、作者の実人生を少し遠くにおいて読み解いてみたいのです。

『富嶽百景』は、「私」が、御坂峠に来た理由を次のように書いています。

甲州。ここの山々の特徴は、山々の起伏の線の、へんに虚しい、なだらかさに在る。小島烏水といふ人の日本山水論にも、「山の拗ね者は多く、此土に仙遊するが如し。」と在つた。甲州の山々は、あるひは山の、げてものなのかも知れない。私は、甲府市からバスにゆられて一時間。御坂峠へたどりつく。

御坂峠、海抜千三百米。この峠の頂上に、天下茶屋といふ、小さい茶店があつて、井伏鱒二氏が初夏のころから、ここの二階に、こもつて仕事をして居られる。私は、それを知つてここへ来た。井伏氏のお仕事の邪魔にならないやうなら、隣室でも借りて、私も、しばらくそこで仙遊しようと思つてゐた。

つまり、「仙遊」しようと思い、御坂峠に来たわけです。勿論、この背景には、「私」の一身上の事情がありました。

東京の、アパートの窓から見る富士は、くるしい。冬には、はつきり、よく見える。小さい、真白い三角が、地平線にちよこんと出てゐて、それが富士だ。なんのことはない、クリスマスの飾り菓子である。しかも左のはうに、肩が傾いて心細く、船尾のはうからだんだん沈没しかけてゆく軍艦の姿に似てゐる。三年まへの冬、私は或る人から、意外の事実を打ち明けられ、途方に暮れた。その夜、アパートの一室で、ひとりで、がぶがぶ酒のんだ。一睡もせず、酒のんだ。あかつき、小用に立つて、アパートの便所の金網張られた四角い窓から、富士が見えた。小さく、真白で、左のはうにちよつと傾いて、あの富士を忘れない。窓の下のアスファルト路を、さかなやの自転車が疾駆し、おう、けさは、やけに富士がはつきり見えるぢやねえか、めつぽふ寒いや、など呟きのこして、私は、暗い便所の中に立ちつくし、窓の金網撫でながら、じめじめ泣いて、あんな思ひは、二度と繰りかへしたくない。

そこで、

> 昭和十三年の初秋、思ひをあらたにする覚悟で、私は、かばんひとつさげて旅に出た。

ということになるのですが、先の『富嶽百景』が引用した小島烏水の文に見るように、甲州の山は「拗ね者」であり、なおかつ「げてもの」であって、甲州の地に「仙遊するが如し」とあります。そこに「私も、しばらくそこで仙遊しようと思つてゐた。」のですから、「私」は自分自身も「すね者」であり、なおかつ「げてもの」であると考えていたことになります。しかし、元来「仙遊」が「仙境に遊ぶ」ことであるとすれば、「甲州は（山々にとっての）仙境」となりますが、この仙境に遊んでいる富士山のその麓に行くことが果たして「仙遊」といえるのかどうか。

そこで、ここに、壇一雄や田中英光の証言の中に出てくる「罪なくて配所の月」という言説を援用してみるとどうなるでしょうか。

そうすれば、『富嶽百景』の「私」は、「三年まへの冬、私は或る人から、意外の事実を打ち明けられ、途方に暮れた。」そこから生じる懊悩の必然を解決できなくて、それを「罪なくて、なぜかくも苦しまなければならないのか」と「気に入った文句を、自分流の妄想で勝手に、改変した」のではなかったか、と考えられないでしょうか。それはともかくとして、こうした自己規定が、『伊勢物語』の「東下り」の、

むかし、おとこありけり。そのおとこ、身をえうなきものに思ひなして、京にはあらじ、あづまの方に住むべき国求めにとていきけり。

に重なり合うことの一端は、少し見ておきました。「身をえうなきものに思ひなす」とは、自分自身のことを肯定することができないと

絵入新版　伊勢物語（架蔵）

か自分自身が有用な人間ではないといった自己肯定感や自己有用感を否定する人間であると、自分自身で、そのように自己規定をしてみたということでしょう。「思ひなす」ということです。たんに「思ふ」だけではありません。「〜なす」とは、わざわざそのようにするといった意味を付加する古語です。だから、自分自身で、負のスパイラルにその身を追い込んでいるのです。そこで、「むかし、おとこ」は旅の途中で「富士山」を見る、東下りの旅に出ます。そこで見た富士は、

とき知らぬ山は富士の嶺いつとてか鹿の子まだらに雪の降るらむ

単なる言葉遊びのような和歌ですが、富士の悠久の姿と自己の小さな思いとの対比があります。こう考えてみますと、『富嶽百景』の「私」と、我が身を「やうなきものに思ひなし」た「むかし、おとこ」との間にはかぼそいながらも通底するところがあるように思われてならないのです。文藝作品が生み出される、その根底には、こうした不遇への嘆き、沈淪する中での、自己確認といった情動があることだけは、確かなことのようです。だからこそ、人はこうした作品群に、納得したり、反発したりしながら、生きる糧《かて》として必要なもの、としているのではな

いでしょうか。この糧としての味わいのよさが、『富嶽百景』にはあり、その源は、文藝史の流れの中に、育ってきた作品であるからと考えられないでしょうか。読み手もまた、その文藝史の中に生きている人々なのですから。その文藝史の流れを、治水する役目としての学校教育、なかんずく、国語教育、文学教育の果たすべき役割については、無視できませんが、本書の主題からは外れますので、別の機会にしておきたいと思います。

さて、『伊勢物語』の主人公「むかし、おとこ」のモデルとか、「仮託された」人物とされる在原業平は、史実としては、当時の国家が作成した公式の歴史書である『日本三代実録』元慶四（八八〇）年五月二十八日条（増補六國史朝日新聞社蔵版）に記載された卒伝記の中で、

體貌閑麗　放縱不拘　略無才學　善作倭歌

體貌閑麗　放縦拘はらず　略才學なくして　善く倭歌を作る

と評価されています。簡単にいってしまえば、美男子で好色なところがあり、行動は勝手気まま、貴族高級官僚としての基本的な素養は無いが、できることといえば、せいぜい和歌を詠むことぐらいということでしょうか。ある種の無頼漢でもあったのです。『富嶽百景』の「私」

は、作品に登場してくるまで、かなり「放縦不拘」な生き方をしてきたようにも読めます。また、和歌の世界ではありませんが、散文、小説の世界に生きようとしています。和歌の世界での「歌枕」相当する文藝上の何かに出会おうとしているのかもしれません。その何かは作品中に現れる「単一表現」なのかもしれませんが、そうしたことを含んだ上で、多くの課題を抱えた「私」が旅立ち、「仙遊」するのは、「配所の月」を眺に、「歌枕見に」のヴァリエーションの一つではないか、と思われてならないのです。

『富嶽百景』の主題の一つは富士山という「歌枕」に出会った「私」が作品の終わる時までにどのように変化していくのかを描きだすところにあった、と考えてよいのではないかと思っています。言い換えますと、

むかしから富士三景の一つにかぞへられてゐるのださうであるが、私は、あまり好かなかつた。好かないばかりか、軽蔑さへした。あまりに、おあつらひむきの富士である。まんなかに富士があつて、その下に河口湖が白く寒々とひろがり、近景の山々がその両袖にひつそり蹲つて湖を抱きかかへるやうにしてゐる。私は、ひとめ見て、狼狽し、顔を赤らめた。これは、まるで、風呂屋のペンキ画だ。芝居の書割だ。どうにも註文どほりの景色

で、私は、恥づかしくてならなかつた。

という印象が、作品末尾の、

ただ富士山だけを、レンズ一ぱいにキャッチして、富士山、さやうなら、お世話になりました。パチリ。

その翌る日に、山を下りた。まづ、甲府の安宿に一泊して、そのあくる朝、安宿の廊下の汚い欄干によりかかり、富士を見ると、甲府の富士は、山々のうしろから、三分の一ほど顔を出してゐる。酸漿に似てゐた。

へと「仙遊」した過程で、どのように変化していくのかが、あるいは「私」が抱えている課題が克服できたのか否かが、この作品には描かれているのではないか、と考えたいのです。

なお、蛇足をさらに付け加えるならば、東京の下宿の便所の窓から、「しかも左のはうに、肩が傾いて心細く、船尾のはうからだんだん沈没しかけてゆく軍艦の姿に似てゐる。」富士山を見た、というのは、若山牧水のパクリとまではいいませんが、利用です。

一つは、「吾妻の渓より六里が原へ」の次の一文、牧水は旅の途中、川原湯温泉にやどをとりましたが、その宿は「見るさえも気味の悪い、数百間もそそり立った断崖の尖端の所にたてられていた」、「明日の朝の出立の早いことをくれぐれも頼んで、勘定もその時済ませてしまった」。

女中の床を延べている間に便所に行って、何気なく窓を空けてみると実に寒いような月夜である。明らかな月かげが空にも山にも一杯に満ち溢れて、星もまばらに山近くに光っている。そしてふと其処から下を見下すと思わずも身ぶるいの出る嶮しい断崖で、その底に広い瀬がきらきらと月光に輝きながら、山に響き、崖に響き淙々と流れていた。

次は、「岬の端」から、

それから暫く嶮しい坂になつて、登り果てた所は山ならば嶺、つまりこの三浦半島の脊であつた。可なり広い平地で、薩摩芋と粟とが一杯に作つてある。思はず脊延びして見渡すと遠く相模湾の方には夏の名残の雲の峯が渦巻いて、富士も天城も燻つた光線に包まれて見えわかかぬ。眼下の松輪崎の前面をば戦闘艦だか巡洋艦だか大きなのが揃つて四隻、どす黒い煙を吐いて湾内を指してゐる。

一見、『富嶽百景』の描写とは、無関係なようにも見える文章ですが、牧水のこうした文章を裏返しにして見せたのが、『富嶽百景』の文章であったのではないでしょうか。沼津は太平洋、海のある側、静岡県。一方、甲府、御坂峠、吉田は、山梨県。海のない山の国。いわば富士山の南麓と北麓。市井の小市民的生活（とはいうものの、太宰治には、小説世界からの文藝としての和歌に対するある種の挑戦がありました）と作歌の旅、大きい四隻の「戦闘艦だか巡洋艦だか」に対する「だんだん沈みゆく軍艦」、この対比は、意図的なものかどうかは不明ですが、牧水に対するオマージュとまでは、いえないでしょうが、そこにも計算された仕掛けがあるとするのは考え過ぎでしょうか。一つ一つの事柄は微少であっても、そうした痕跡が示している先にあるもの、それが牧水という詩人に対するトリビュートになっていると思うのですが、いかがでしょうか。

三　西行と能因

「私」が「井伏氏」の世話でお見合いをした後、御坂の茶屋で「大学の講師か何かやつてゐる浪曼派の一友人」が立ち寄ってくれた時の出来事、

ハイキングの途中、私の宿に立ち寄つて、そのときに、ふたり二階の廊下に出て、富士を見ながら、

「どうも俗だねえ。お富士さん、といふ感じぢやないか。」

「見てゐるはうで、かへつて、てれるね。」

などと生意気なこと言つて、煙草をふかし、そのうちに、友人は、ふと、

「おや、あの僧形のものは、なんだね？」と顎でしやくつた。

墨染の破れたころもを身にまとひ、長い杖を引きずり、富士を振り仰ぎ振り仰ぎ、峠をのぼつて来る五十歳くらゐの小男がある。

「富士見西行、といつたところだね。かたちが、できてる。」私は、その僧をなつかしく思つた。「いづれ、名のある聖僧かも知れないね。」

「ばか言ふなよ、乞食だよ。」友人は、冷淡だつた。

「いや、いや。脱俗してゐるところがあるよ。歩きかたなんか、なかなか、できてるぢ

やないか。むかし、能因法師が、この峠で富士をほめた歌を作つたさうだが、――」

私が言つてゐるうちに友人は、笑ひ出した。

「おい、見給へ。できてないよ。」

能因法師は、茶店のハチといふ飼犬に吠えられて、周章狼狽であつた。その有様は、いやになるほど、みつともなかつた。

「だめだねえ。やつぱり。」私は、がつかりした。

広重も、文晁も、北斎にも「私」は、納得してはいなかった。ここで否定されているのは、「五十歳くらゐの小男」の振る舞いとそれを「富士見西行」や「能因法師」に見立てた「烏滸」な「私」自身の行為でした。すくなくとも「富士見西行」「能因法師」そのものは否定していません。これはどういうことなのでしょうか。これまたやや唐突な引用に感じられるかも知れませんが、松尾芭蕉の『野ざらし紀行』の最初の部分を次に引きます。

ただ、唐突といっても、昭和十（一九三五）年の七月の第一回芥川賞の選考で落選した太宰治は、作品への川端康成の批評に対する反論のなかで、そのうちに私は小説に行きづまり、謂はば野ざらしを心に、旅に出た。それが小さい騒ぎになった。

と書いていますので、あながち無理なものではありません。

千里に旅立て、路粮を包まず。「三更月下無何に入」と云けむ昔の人の杖にすがりて、貞亨甲子秋八月、江上の破屋を出づる程、風の声そぞろ寒気也。

　野ざらしを心に風のしむ身かな

　秋十とせ却て江戸を指故郷

関越ゆる日は雨降て、山皆雲に隠れたり。

　霧しぐれ富士を見ぬ日ぞ面白き

何某ちりと云けるは、此たびみちのたすけとなりて、万いたはり、心を尽し侍る。常に莫逆の交深く、朋友信有哉此人。

　深川や芭蕉を富士に預行　ちり

富士川のほとりを行に、三つ計なる捨子の、哀氣に泣有。この川の早瀬にかけてうき世の波をしのぐにたえず。露計の命待まと、捨置けむ、小萩がもとの秋の風、こよひやちるらん、あすやしほれんと、袂より喰物なげてとをるに、

猿を聞人捨子に秋の風いかに

いかにぞや、汝ちゝに悪《にく》まれたる歟《か》、母にうとまれたるか。ちゝは汝を悪にあらじ、母は汝をうとむにあらじ。唯これ天にして、汝が性のつたなき（を）なけ。

大井川越る日は、終日雨降ければ、

秋の日の雨江戸に指おらん大井川　　ちり

「昔の人の杖にすがりて」は『奥の細道』の冒頭の「古人も旅に多く死せるあり」を連想させます。「昔の人」「古人」として芭蕉の念頭にあったのは、西行であり、能因であり、宗祇であり、李白や杜甫でした。この冒頭部分には、『荘子』内篇「逍遙遊篇第一」の「適千里者三月聚糧（千里を適く者は、三月糧を聚む）」以下を引いています。「逍遙遊」とは、言うまでもなく気儘にとらわれることなく自由なのびのびとした境地に遊ぶことであり、まさしく「仙遊」することであったと言ってよいでしょう。しかし、ここでは、「路粮を包まず」とありますから、その趣は、単なる遊び気分の「逍遙」ではありません。「逍遙」よりももっと切迫感があ

ります。文藝史上の「逍遙」とは、意味が違います（本書「六　付録「逍遙」の文藝について」参照）。西行・能因・宗祇そして李白や杜甫といった隠遁者たちの芸術と人生の一体化をめざし実現した人たちは、松尾芭蕉の敬愛した漂泊の詩人であることは言うまでもありませんし、その多くが客死していることも言うまでもありません。そのことを踏まえた上で、芭蕉の『野ざらし紀行』の冒頭部分は、特に気をつけてみた方がよいように思われるのです。太宰治が松尾芭蕉の世界を気にかけていたことは、『津軽』においても、芭蕉の「行脚掟《あんぎやのおきて》」が引用されていたり、『惜別』にも『奥の細道』の松島の記述が用いられていることからもわかります。

こうしたことを押さえておいて、次に、能因法師に注意を向けましょう。能因法師が詠んだ富士山をほめて詠んだ歌というのは、『夫木和歌抄』に載せられている、

みさかちに氷かしける甲斐嶽《かひがね》のさながら《(イささなか)》さらすてつくりのこと

のことでしょう。なかなか意味のとりにくい和歌ですが、背後に、「田子の浦にうち出てみれば白妙の富士の高嶺に雪はふりつつ」に変奏されていくことになる山部赤人の和歌や東歌の「多摩川にさらす手つくりさらさらになにそこの児のここだ愛なしき」などをおいてしいて解

釈してみますと、「御坂路は凍てついて白く、しかもきつい坂道。甲斐の富士山はそのまま、晒して白くなった手織りの布のようだ」ということにでもなりましょうか。能因は、平安中期の歌人。奥州には二回旅をし、家集『能因法師集』のほか、歌学書『能因歌枕』や私撰集『玄々集』などの作品があり、なによりも歌枕についての第一人者でした。だからこそ、『百人一首』にとられた、

都をばかすみとともに立ちしかど秋風ぞ
　ふく白河の関

について、この歌、ことの真相はいざ知らず、実際には奥州の入り口、白河の関には行かず、都で作ったというエピソードが伝えられることにもなったのでしょう。ある種の観想、虚構の和歌です。

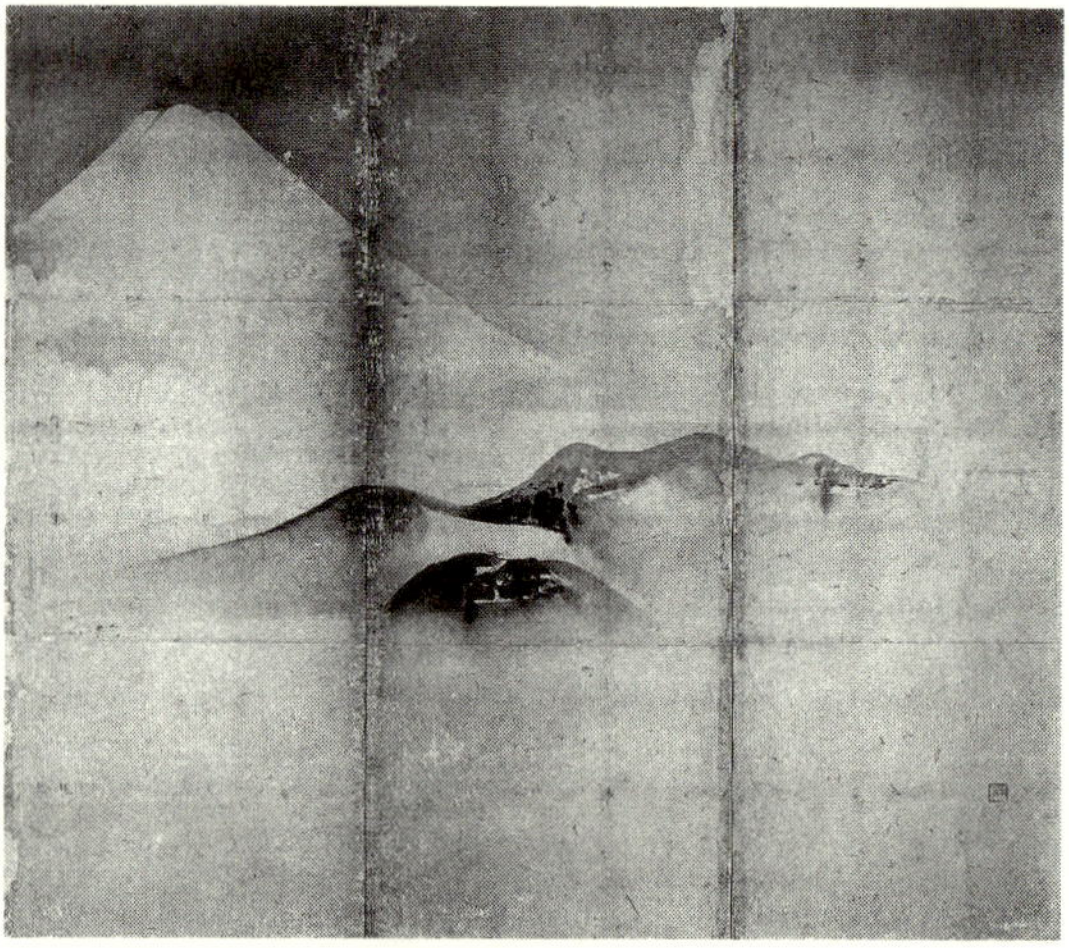

（東京都板橋区立美術館蔵）

また、「富士見西行」は、『新古今和歌集』巻十七雑中の、

あづまの方へ修行し侍りけるに、富士の山をよめる

風になびく富士のけぶりの空に消えてゆくへも知らぬわが思ひかな

が、おそらくは、主題として、日本画の画材として、屏風はもちろんさまざまな形で描かれ、現在は、ネット上で多くの画像を見ることができます。旅姿の西行が坐って、遠くに富士を見ている作品が中心で、絵画の他にも建具の欄間の彫刻はもちろん、焼き物などにも用いられている図案です。

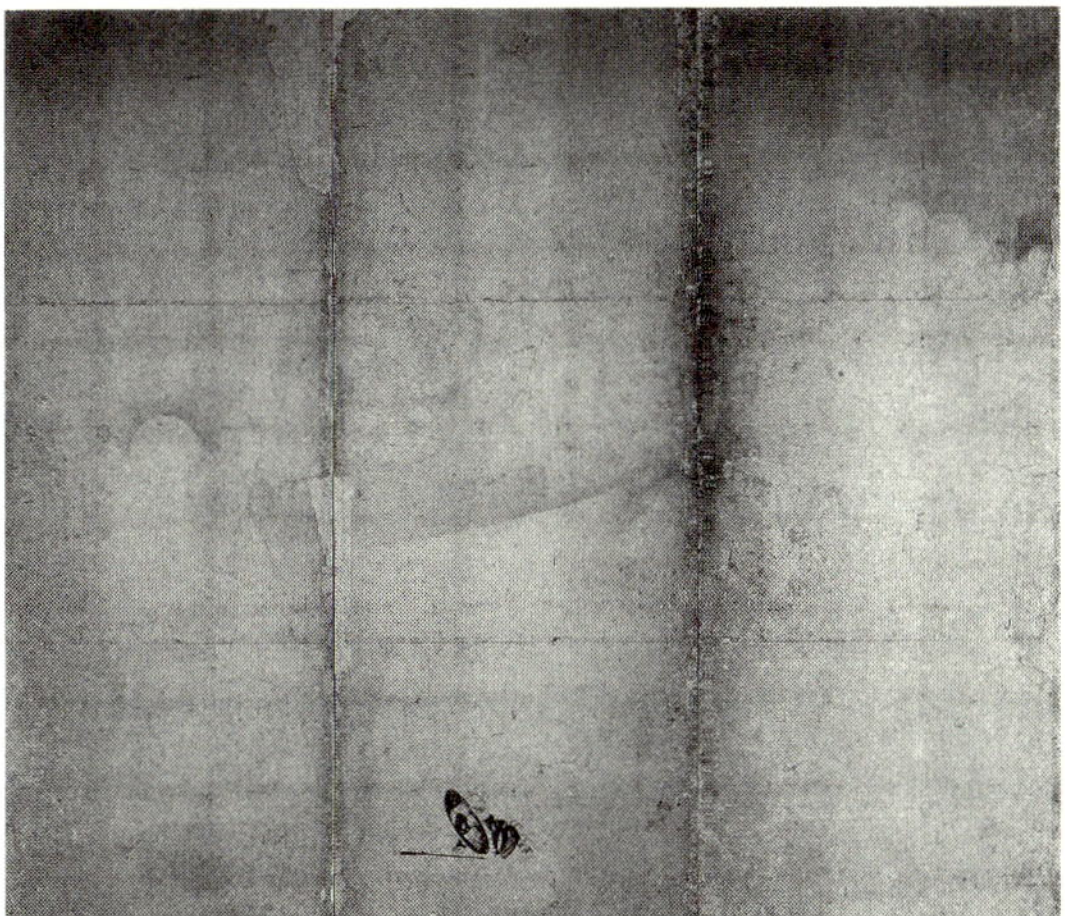

狩野尚信筆　富士見西行図

西行は俗名佐義清。後鳥羽院に仕えた北面の武士。二十三歳で出家したが、すがりつく幼い娘を足蹴にして、家を出奔して落飾。歌道も、極楽往生への手立てとして、精進に生きたその生涯は、『西行物語』として、流布していました。作品は『山家集』などにまとめられています。『撰集抄』は七百年以上、西行の編纂によるとされてきましたが、そうではないことが、はっきりしてきています。

心なきみにもあはれは知られけり鴫立つ沢の秋の夕暮れ

は三夕暮の和歌の一つとして、余りにも有名です。和歌史の中での異彩を放つ天才といっていいでしょう。

「私」は「思ひをあらたにする覚悟で」、「かばんひとつさげて旅に出た」。そして、ここ御坂峠の地に「仙遊」しています。とすれば、その道の先達としての西行や能因を引き出して来ることもあり得ることになります。「私」は自分の思い込みで、それらしき風体の「小男」をそうした風雅の道を究めようとした先達に見立てて見事に失敗してみせます。その相手が「大学の講師か何かやつてゐる浪曼派の一友人」という処にも諧謔あり、「私」が似而非隠遁者であることをさらけ出していることになります。「浪曼派」の問題はとりあえず、淺野晃や保田與重郎そして橋川文三や吉本隆明に任せてスルーします。

さて、「小男」にあられもない姿をあらわにさせるのが、「茶店のハチといふ飼犬」でした。この「ハチ」という名前は、昭和十（一九三五）年三月八日に死亡した当時最強の人気アイドル「忠犬ハチ公」（前年の四月二十一日には既に渋谷駅に銅像が建立されていた）の名前から採られたものでしょう。あるいは、『野ざらし紀行』の中の「猿聞人捨子に秋の風いかに」の「猿声」に対する飼犬の「吠え声」なのかも知れません。こうしたことは、作者の道化か読者サービスかはたまた「烏滸」の問題になるのですが、ここではこれ以上、問題にしないことにします。

ところで、吉田の「遊女の一団体」が、十月の末「おそらくは年に一度くらいの開放の日」に自動車に分乗して御坂峠にやって来るエピソードが描かれています。この挿話にも、『野ざらし紀行』は、影を落としています。「私」は、「遊女」の様子を二階から見ていました。

　自動車からおろされて、色さまざまの遊女たちは、バスケットからぶちまけられた一群の伝書鳩のやうに、はじめは歩く方向を知らず、ただかたまつてうろうろして、沈黙のまま押し合ひ、へし合ひしてゐたが、やがてそろそろ、その異様の緊張がほどけて、てんでにぶらぶら歩きはじめた。茶店の店頭に並べられて在る絵葉書を、おとなしく選んでゐるもの、佇ずんで富士を眺めてゐるもの、暗く、わびしく、見ちや居れない風景であつた。二階のひとりの男の、いのち惜しまぬ共感も、これら遊女の幸福に関しては、なんの加へるところがない。私は、ただ、見てゐなければならぬのだ。苦しむものは苦しめ。落ちるものは落ちよ。私に関係したことではない。それが世の中だ。さう無理につめたく装ひ、かれらを見下ろしてゐるのだが、私は、かなり苦しかつた。

富士にたのまう。突然それを思ひついた。おい、こいつらを、よろしく頼むぜ、そんな気持で振り仰げば、寒空のなか、のつそり突つ立つてゐる富士山、そのときの富士はまるで、どてら姿に、ふところ手して傲然とかまへてゐる大親分のやうにさへ見えたのであるが、私は、さう富士に頼んで、大いに安心し、気軽くなつて茶店の六歳の男の子と、ハチといふむく犬を連れ、その遊女の一団を見捨てて、峠のちかくのトンネルの方へ遊びに出掛けた。トンネルの入口のところで、三十歳くらゐの痩せた遊女が、ひとり、何かしらつまらぬ草花を、だまつて摘み集めてゐた。私たちが傍を通つても、ふりむきもせず熱心に草花をつんでゐる。この女のひとのことも、ついでに頼みます、とまた振り仰いで富士にお願ひして置いて、私は子供の手をひき、とつとと、トンネルの中にはひつて行つた。ト

ンネルの冷い地下水を、頬に、首筋に、滴々と受けながら、おれの知つたことぢやない、
とわざと大股に歩いてみた。

「富士にたのまう」「富士にお願ひして」は、擬人法を用いた修辞法を含めて、ちりの句「深川や芭蕉を富士に預行」と響き合いますし、「私」の「遊女」への思いも「富士川」の段における世の中への葛藤に通じるものがあります。

この、「乞食」と見なされた「小男」と「遊女」とに関わる二つのエピソードには、

①　御坂峠への「私」とは関わりきれない他者の訪れ

②　飼犬ハチの登場

といった共通点をもっており、その背後には、「忠犬ハチ公」が暗示する社会の存在、その社会のあり方に思いを致さなければならない他者の存在。そして「仙遊」しているはずの「私」のあり方、生き方が『野ざらし紀行』を利用して、表出されているのではないかと考えられるのですが、如何でしょうか。『野ざらし紀行』の漂泊は、江戸・箱根の関・富士川そして大井

川へとすすんでいくのですが、『富嶽百景』も、次の、新田という青年と「私」の交流の中で、大井川の話がそれとなく取り込まれているのを見ると、『富嶽百景』が、漂泊の詩人、西行、能因、そして芭蕉さらには若山牧水といった人々に対する密かな「私」のトリビュートではないのか、という思いがしてくるのです。そこには、「私」の考える「単一表現」の問題も存在するし、「私」の生活上の問題も関わっていると考えられるからです。

四　吉田の一夜

『富嶽百景』の次の逸話。「私」は新田と言う青年の訪問を受け、新田とその仲間たちとの交流が始まりました。この逸話は、『富嶽百景』の中でも、かなり重要なファクターを含んでいると思われるのですが、例えば高等学校の国語の教科書に採用されている『富嶽百景』では、この部分を、ほとんどの教科書がカットしています。

私は、部屋の硝子戸越しに、富士を見てゐた。富士は、のつそり黙つて立つてゐた。偉いなあ、と思つた。

「いいねえ。富士は、やつぱり、いいとこあるねえ。よくやつてるなあ。」富士には、かなはないと思つた。念々と動く自分の愛憎が恥づかしく、富士は、やつぱり偉い、と思つた。よくやつてる、と思つた。

「よくやつてゐますか。」新田には、私の言葉がをかしかつたらしく、聡明に笑つてゐた。

新田は、それから、いろいろな青年を連れて来た。皆、静かなひとである。皆は、私を、先生、と呼んだ。私はまじめにそれを受けた。私には、誇るべき何もない。学問もない。才能もない。肉体よごれて、心もまづしい。けれども、苦悩だけは、その青年たちに、先生、と言はれて、だまつてそれを受けていいくらゐの、苦悩は、経て来た。たつたそれだけ。藁一すぢの自負である。けれども、私は、この自負だけは、はつきり持つてゐたいと思つてゐる。わがままな駄々つ子のやうに言はれて来た私の、裏の苦悩を、一たい幾人知つてゐたらう。新田と、それから田辺といふ短歌の上手な青年と、二人は、井伏氏の読者であつて、その安心もあつて、私は、この二人と一ばん仲良くなつた。いちど吉田に連れていつてもらつた。おそろしく細長い町であつた。岳麓の感じがあつた。富士に、日も、風もさへぎられて、ひよろひよろに伸びた茎のやうで、暗く、うすら寒い感じの町であつた。道路に沿つて清水が流れてゐる。これは、岳麓の町の特徴らしく、三島でも、こんな工合ひに、町ぢゆうを清水が、どんどん流れてゐる。富士の雪が溶けて流れて来るのだ、とその地方の人たちが、まじめに信じてゐる。吉田の水は、三島の水に較べると、水量も不足だし、汚い。水を眺めながら、私は、話した。

傍線部に見られるのは、まさしく、「選ばれたものの恍惚と不安と二つながら我にあり」という思いではないのでしょうか。小説は、この後、次のように続いていきます。

「モオパスサンの小説に、どこかの令嬢が、貴公子のところへ毎晩、河を泳いで逢ひにいつたと書いて在つたが、着物は、どうしたのだらうね。まさか、裸ではなからう。」

「さうですね。」青年たちも、考へた。「海水着ぢやないでせうか。」

「頭の上に着物を載せて、むすびつけて、さうして泳いでいつたのかな？」

青年たちは、笑つた。

「それとも、着物のままはひつて、ずぶ濡れの姿で貴公子と逢つて、ふたりでストオヴでかわかしたのかな？　さうすると、かへるときには、どうするだらう。せつかく、かわかした着物を、またずぶ濡れにして、泳がなければいけない。心配だね。貴公子のはうで泳いで来ればいいのに。男なら、猿股一つで泳いでも、そんなにみつともなくないからね。貴公子、鉄鎚だつたのかな？」

「いや、令嬢のはうで、たくさん惚れてゐたからだと思ひます。」新田は、まじめだつた。

「さうかも知れないね。外国の物語の令嬢は、勇敢で、可愛いね。好きだとなつたら、河を泳いでまで逢ひに行くんだからな。①日本では、さうはいかない。なんとかいふ芝居があるぢやないか。まんなかに川が流れて、両方の岸で男と姫君とが、愁嘆してゐる芝居が。あんなとき、何も姫君、愁嘆する必要がない。泳いでゆけば、どんなものだらう。芝居で見ると、とても狭い川なんだ。ぢやぶぢやぶ渡つていつたら、どんなもんだらう。あんな愁嘆なんて、意味ないね。同情しないよ。朝顔の大井川は、あれは大水で、それに朝顔は、めくらの身なんだし、あれには多少、同情するが、けれども、あれだつて、泳いで泳げないことはない。大井川の棒杭にしがみついて、天道さまを、うらんでゐたんぢや、意味ないよ。あ、ひとり在るよ。日本にも、勇敢なやつが、ひとり在つたぞ。あいつは、すごい。知つてるかい？」

「ありますか。」青年たちも、眼を輝かせた。

「清姫。安珍を追ひかけて、日高川を泳いだ。泳ぎまくつた。あいつは、すごい。ものの本によると、清姫は、あのとき十四だつたんだつてね。」

路を歩きながら、ばかな話をして、まちはづれの田辺の知合ひらしい、ひつそり古い宿屋に着いた。

ここで用いられているのは、モオパスサンといえば、まず出てくるのが、長編小説『女の一生』です。このタイトルだけで、この部分の主題は明確に提示されることになりますが、太宰治が、昭和十三（一九三八）年十一月に発表した「女人創造」（「日本文学」第一巻第七号）には、次のような記述があります。

モオパスサンは、あれは、女の読むものである。私たち一向に面白くないのは、あれには、しばしば現実の女が、そのままぬっと顔を出して来るからである。頗る、高邁でない。モオパスサンは、あれほどの男であるから、それを意識してゐた。自分の才能を、全人格を厭悪した。作品の裏のモオパスサンの憂鬱と懊悩は、一流である。

それはともかく、傍線部①は敵同士の家の男女の恋物語でもある『妹背山女庭訓』の「山の段」であり、傍線部②は宮城阿曽次郎と深雪のすれ違いの恋物語である『生写朝顔日記』の「宿屋」「大井川」段。ここに「大井川」の名が出てくるのは、やはり「私」の『野ざらし紀行』への思いがあり、そのことを想起させるためにも「大井川の棒杭」を持

増補　朝顔日記
(弘前市立図書館蔵　神津武男氏撮影・提供)

ち出したのではないでしょうか。傍線部③は、安珍清姫、道成寺と一連の『日高川入相花王（ひだかがわいりあいざくら）』でした。いずれも悲恋ものであり、男女の恋の情念、執念、妄念、人間の業を主題とする作品群であり、文藝話というよりは歌舞伎や浄瑠璃の世界をモティーフにした恋愛談義といってよいものばかりです。『源氏物語』の「雨夜の品定め」ならぬ「月夜の品定め」といったところでしょうか。あるいは別の言い方をすれば、若者宿に「まらうど」を迎えての一夜であったとでも、言えましょうか。しかし、こうしたことが話柄となること自体、青年期の特徴といえば言えるのですが、色恋沙汰から生じるさまざまな人間の煩悩から生み出される苦しみが、ここの話題となっている作品群にあることは言うまでもありますまい。それらの生きる上での苦悩のすべてが、「私」の姿の向こうに風景として透かして見えてくる、そのための仕掛けなのです。

新田青年とその仲間たちと過ごした吉田の一夜。青年たちが宿を引き上げた。その後のことが次のように描かれます。

そこで飲んで、その夜の富士がよかつた。夜の十時ごろ、青年たちは、私ひとりを宿に残して、おのおの家へ帰つていつた。私は、眠れず、どてら姿で、外へ出てみた。おそろしく、明るい月夜だつた。富士が、よかつた。月光を受けて、青く透きとほるやうで、私は、狐に化かされてゐるやうな気がした。富士が、したたるやうに青いのだ。燐が燃えてゐるやうな感じだつた。鬼火。狐火。ほたる。すすき。葛の葉。私は、足のないやうな気持で、夜道を、まつすぐに歩いた。下駄の音だけが、自分のものでないやうに、他の生きもののやうに、からんころんからんころん、とても澄んで響く。そつと、振りむくと、富士がある。青く燃えて空に浮んでゐる。私は溜息をつく。維新の志士。鞍馬天狗。私は、自分を、それだと思つた。ちよつと気取つて、ふところ手して歩いた。ずゐぶん自分が、いい男のやうに思はれた。ずゐぶん歩いた。財布を落した。五十銭銀貨が二十枚くらゐはひつてゐたので、重すぎて、それで懐からするつと脱け落ちたのだらう。私は、不思議に平気だつた。金がなかつたら、御坂まで歩いてかへればいい。そのまま歩いた。ふと、いま来た路を、そのとほりに、もういちど歩けば、財布は在る、といふことに気がついた。懐手のまま、ぶらぶら引きかへした。富士。月夜。維新の志士。財布を落した。興あるロマンスだと思つた。財布は路のまんなかに光つてゐた。在るにきまつてゐる。私は、それを拾つて、宿へ帰つて、寝た。

富士に、化かされたのである。私は、あの夜、阿呆であつた。完全に無意志であつた。

あの夜のことを、いま思ひ出しても、へんに、だるい。

この中の、例えば傍線部の「富士が、したたるやうに青いのだ。燐が燃えてゐるやうな感じだつた。鬼火。狐火。ほたる。すすき。葛の葉。」から「からんころん」へと続く部分。

「鬼火」は燐火ともいい、闇夜に燃えて浮遊する燐光、別名「狐火」とも「陰火」「幽霊火」とも。そこからの発想で次の「狐火」。「狐火」のことは、『懶惰の歌留多』の「ぬ　沼の狐火」の話もあるのですが、ここでは、『義経千本桜』四段目の「道行初音旅」の狐忠信も思いだされます。が、それ以上に『本朝二十四孝』の「狐火の段」の諏訪湖の、上杉謙信の娘、八重垣姫のことでしょう。いとしい武田勝頼の首が打たれることを知った八重垣姫が法性の兜に必死になって祈ると白狐の力が姫に乗り移り、勝頼の跡を追う。その道筋を浮遊する狐火が案内します。そして浮遊する火から次の「ほたる」へは簡単に続きます。「ほたる」には、和泉式部の例の「もの思へば沢のほたるもわが身よりあくがれいづるたまかとぞおもふ」の歌があり、堀辰雄が絶賛した『伊勢物語』の四十五段「行く蛍」の詞章があり、先に見た『生写朝顔日記』は、「蛍狩り」の段から始まっています。また蕪村には「狐火の燃えつくばかり枯れ尾花」の句もあって、「すすき」につながります。「すすき」となるとこれまた『伊勢物語』に題材をとった謡曲の『井筒』で、この舞台は、後見が幕から作り物の「井筒」を運び出すことから始まりますが、この作り物には「すすき」が添えられており、次のように語られます。

語れば今も、昔男の名ばかりは、在原寺の跡古りて、松も生いたる塚の草、これこそそれよ亡き跡の、ひと叢薄《むらすすき》の穂に出づるは、いつの名残なるらん。草茫々として、露深々と古塚の、まことなるかな古《いにし》への、跡懐しき気色かな。跡懐しき気色かな。

この作品は世阿彌作の三番目物で、諸国一見の僧が在原寺を訪れたところ、紀有常の女の霊が現れて、業平との恋を回想しつつ舞うもので、『伊勢物語』二十三段の「風吹けば沖つ白波立田山夜半にや君がひとりこゆらむ」の歌が効果的に用いられ、この歌を女が詠んだとき、業平は薄の影で聞いていたとしています。また、次のような、という地謡もあります。

ここに来て、昔ぞ帰す在原の。寺井に澄める、月ぞさやけき

「私」のイメージの中に謡曲の『井筒』があったのかどうか。それはともかく色好みの業平

のイメージはおもしろい。あるいはこれは小野小町の話になり、「穴目のすすき」で、実方にも直接関わることは、すでに見てきました。小町髑髏伝説や落剝説にも愛欲の果ての苦悩が潜んでいます。はたまた、関東大震災の後から作品の時代までよく謡われていた「船頭小唄」のイメージも重なるのかもしれません。さらに「狐」「和泉」とくれば、

こひしくばたづねきてみよ和泉なるしのだの森とのうらみくずの葉

となり「くずの葉」に繋がり、保名狂亂や『蘆屋道満大内鑑』が浮かび上がってきます。なお、この「こいしくば」歌、『懶惰の歌留多』の中では、太宰によって次のように説明されていました。「**ち**、畜生のかなしさ」の章、

こひしくば、たずね来て見よいずみなる、しのだの森のうらみくずの葉。これは誰でも知っている。牝の狐の作った歌である。うらみくずの葉というところ、やっぱり畜生の、あさましい恋情がこもっていて、はかなく、悲しいのである。底の底に、何か凄い、この世のものでない恐ろしさが感じられるのである。

中でも、葛の葉の次の科白は、

ア丶恥ずかしや、あさましや。年月包みし甲斐もなう、おのれと本性顕して、妻子の縁もこれぎりに、別れねばらぬ品となる。（略）
我は真は人間ならず、六年以前信田《しのだ》にて、悪右衛門に狩り出され、死ぬる命を保名殿に助けられ、再び花咲く蘭乱菊の、千年近き狐ぞや。（略）

と、夫婦の別れ、親子のわかれを味わわなければならない女の思いを訴えています。

「からんころん」はそのまま夏狂言の代表作『怪談牡丹灯籠』。お露の幽霊が牡丹灯籠に導かれて恋しい男のもとに通うその下駄の音が「からんころん」でした。要するにこれらの作品は親子の情愛や恋に狂う男女の愛とその齟齬、愛を隔てるものへの怨念・憎悪・あるいは世の無常に漂う人間の姿が秘められている作品であったことになります。

「私」の奥深いところにある男女の情愛の問題や親子の葛藤の問題が、こうしたところにもにじみ出してきているのです。このことは、この作品の初めの部分、十石峠からみた富士を描くところで、わざわざ、次のようなことを書いてあることからも容易にわかります。

十国峠から見た富士だけは、高かつた。あれは、よかつた。はじめ、雲のために、いただきが見えず、私は、その裾の勾配から判断して、たぶん、あそこあたりが、いただきであらうと、雲の一点にしるしをつけて、そのうちに、雲が切れて、見ると、ちがつた。私が、あらかじめ印をつけて置いたところより、その倍も高いところに、青い頂きが、すつと見えた。おどろいた、といふよりも私は、へんにくすぐつたく、げらげら笑つた。やつてゐやがる、と思つた。人は、完全のたのもしさに接すると、まづ、だらしなくげらげら笑ふものらしい。全身のネヂが、他愛なくゆるんで、之はをかしな言ひかたであるが、帯紐といて笑ふといつたやうな感じである。諸君が、もし恋人と逢つて、逢つたとたんに、恋人がげらげら笑ひ出したら、慶祝である。必ず、恋人の非礼をとがめてはならぬ。恋人は、君に逢つて、君の完全のたのもしさを、全身に浴びてゐるのだ。

二回目の、見合いの相手宅を訪問したとき、相手の娘は、「笑っていた」し、「くすくす笑って」もいた。「げらげら笑ひ出」すというのではないが、とりあえず、二人の間の「顔も見なかった」ぎこちなさは解消したことを示しています。この作品の底には男と女のあり方生き方の課題が初めから作品の底の方に重低音のように流れているのです。

次の問題は「鞍馬天狗」。「維新の志士」とあるからには、謡曲の『鞍馬天狗』ではありますまい。大仏次郎の小説あるいは、それの映画化されたもの。この主人公倉田典膳の生き方の全てが作品化されることになるのは戦後のことですが、嵐寛寿郎主演の映画は、この時代、人気を博していました。しかし、この人物の生き方には、佐幕とか勤王とかの枠を越えた「無頼派」の原義の一つである「リベルタン」に通じるものがありました。また先に引用しておいた「甲府偵察のこと」の中にも「維新の志士」ということばが出ていました。本書の初めで、若山牧水を補助線として用いた時に、太宰治は、日本文藝史の王道への小説家としてのレボリューションをひそかに企図していたのではないかと書きましたが、そうした大げさなことを考えていることが、この「維新の志士」に現れているということには、ならないでしょうか。もっといえば、日本の文藝史の王道である和歌の道を行く先人、就中若山牧水に対する立ち位置を示すものであり、太宰治自身が生きている時代の中の、文壇的なものへの、自己主張の表明であったのかも知れません。

それはともかく、吉田での、この体験は「私」にとって、初めは「仙遊」に相応しいものであったかとも思えたのでしょう。しかし、この時間は、「仙遊」の地「御坂峠」を離れた場所での時間であり、苦悩する「私」にとっては、実はありえない時間であったのかもしれないのです。だから、「富士に、化かされたのである。」と。「月夜」の「青い富士」は化かす富士でした。

ここで、情報提供というか、種明かしを二つしておきます。一つは、「鬼火。狐火。ほたる。すすき。葛の葉。」あるいは「維新の志士、鞍馬天狗」などといった具体な事物をあげて、親子の情愛とか男女の恋の情念といった抽象的な物語を浮かび上がらせる修辞法をアレゴリーといいます（このことは、後で委しく説明します）が、この作品はそうした修辞法が見事なまでに用いられているという点です。

いま一つは、太宰治の生涯を的確な調査によってまとめられた山岸祥史氏のご労作『太宰治の年譜』（大修館書店二〇一二年十二月）の昭和二（一九二七）年、太宰治十九歳についての記述です。

八月上旬　突如として、芸妓あがりの竹本咲栄（本名中村ソメ、三十六歳）という、下宿から三百米ほど離れた女師匠のもとに通いはじめ、義太夫をならいはじめた。また一方服装にも凝りはじめ、結城紬に角帯をしめて雪駄をはいた粋な姿で、女師匠の家に出入りし、津島修治太夫などと称していた。この女師匠のもとでかぎつけた芸妓の世界へのあこがれから、やがて、青森市や浅虫温泉に足をはこんで、花柳界に出入りするようになった。

（略）

十月上旬頃からは、週末になると、きまって藤田家（太宰の下宿先）から五円か十円もらって青森市に足をのばし、友人を誘って、若い芸妓と遊ぶようになった。義太夫で歌舞伎の声色や仕種をし、芸妓たちと道行きの濡れ場を演じて、仲間の喝采を博したという。この頃は、文学では、江戸文学、それに、泉鏡花、芥川龍之介、横光利一、川端康成、永井荷風、谷崎潤一郎、里見弴、久保田万太郎などの作品を好んで読んでいたが、なかでも、近松門左衛門、泉鏡花、芥川龍之介の作品に心酔していた。

念の為にいえば、この年の五月二十一日に改造社主催の『現代日本文学全集』刊行記念講演会が青森であり、急遽登板した芥川龍之介の講演を太宰治は聞いた、とされ、七月二十四日未明の芥川龍之介の自殺には強い衝撃を受けていたことも、山岸祥史氏のご労作は伝えています。

御坂峠を下るとき、富士山の火口写真からの連想で「睡蓮」のイメージ（138頁参照）がわき上がってきた女性との結婚話は確かに好転してきていました。しかし、御坂峠に来なければならなかった「私」自身の問題は解決したのでしょうか。

五　罌粟の花そして酸漿あるいはアレゴリー

ここでまた脇道にそれます。私は文藝作品は、作者や作家の創造だけでは、決して完成しないものだと考えています。読者に代表される様々の享受者との共同作業の結果として初めて作品はできあがるものなのです。ですから、作品の完成形は、享受者の数だけあるのではないかと考えています。このことを前提にして、少し「富士山」という名前について考えておきたいのです。「富士山」についての古い記述は都良香の『富士山記』（『本朝文粋』所収）ですが、「富士山」の名前の由来を記した古い作品といえば、「物語のいでき始めのおや」とされる『竹取物語』でしょう。この物語の最後の部分には言語遊戯を駆使し、「富士山」の名前の由来が次のように語られています。

そののち、翁・女、血の涙を流して惑へどかひなし。あの書きおきし文を読み聞かせけれど、「なにせむにか命も惜しからむ。たがためにか。何事も用もなし」とて、薬も食はず、やがて起きも上がらで、病み伏せり。中将、人々引き具して帰りまゐりて、かぐや姫を、え戦ひとめずなりぬること、こまごまと奏す。薬の壺に御文添へ、まゐらす。広げて御覧じて、いといたくあはれがらせたまひて、物も聞こし召さず、御遊びなどもなかりけり。大臣・上達を召して、「いづれの山か天に近き」と問はせたまふに、ある人奏す、「駿

河の国にあるなる山なむ、この都も近く、天も近くはべる」と奏す。これを聞かせたまひて、

あふこともなみだに浮かぶわが身には死なぬ薬もなににかはせむ

かの奉る不死の薬に、また、壺具して、御使ひに賜はす。勅使には、調《つき》の岩笠といふ人を召して、駿河の国にあなる山の頂に持てつくべき由仰せたまふ。嶺にてすべきやう教へさせたまふ。御文、不死の薬の壺並べて、火をつけて燃やすべき由仰せたまふ。その由承りて、つはものどもあまた具して山へ登りけるよりなむ、その山をふじの山とは名づける。その煙いまだ雲の中へ立ち上るとぞ言ひ伝へたる。

この『竹取物語』のお話は、いまさらいうまでもなく、かぐや姫のお話であり、ファンタジーとして読まれるのが普通です。しかし、読み方によっては、「人はなぜ死ななければならないか」という哲学的な命題に対する答えを示す物語であるとも読めるはずです。

かぐや姫に代表される月の都の人、天上界の存在は「不死の薬」をこの地上世界（物語中では「穢き所」と書かれています）に遺していこうとしました。しかし、この地上世界の宰領者である帝は、この薬を焼いてしまいます。「不死」よりも「死」を選んだのです。この行為は、

死を人間自身が選択し、そして受け入れたことを如実に示しています。『竹取物語』は、かぐや姫をめぐる求婚譚が具体的に描かれていますが、その結果として抽象的な哲学的な命題をもこのように浮かび上がらせています。こうした文藝上の修辞法をアレゴリーといい、風諭ともいわれました。藤原定家の、

春の夜の夢の浮き橋とだえしてみねにわかるる横雲の空

も、具体的に描かれるのは、春の夜明けの風景です。しかし、訴えかけてくるのは一つの恋の終末です。「夢の浮き橋」が『源氏物語』の最後の巻名であり、浮舟と薫の恋の終わりを暗示し、描かれた風景が、『枕草子』の冒頭と響きあっていることもいうまでもありませんし、『文選』に載せられている宋玉の「高唐賦」の影響を指摘されています（本書「六　付録「逍遙」の文藝について」）。あるいはこの和歌は『新古今和歌集』に載せられており、その詞書によれば、「守覚法親王五十首うたよませ侍りけるに」とあり「御室五十首」のことで建久九（一一九八）年に詠進された歌であることがわかります。平清盛が熱病のためになくなったのが治承五（一一八一）年のことであり壇ノ浦の戦いが元暦二（一一八五）年三月二十日のことですから、

「春の夜の夢」は『平家物語』冒頭の、清盛の生涯についての「ただ春の夜の夢の如し」とする表現をも射程に入れた和歌であるということになります。具体的なことは、春の夜明け、「あけぼの」の風景です。その風景を通して訴えかけてくるのは、王朝のことばの精華である『源氏物語』であり『枕草子』であり王朝人の教養の源とした『文選』であり、そして清盛の死を暗示する『平家物語』です。「あけぼの」は、東方から訪れます。源頼朝が征夷大将軍に任じられたのが建久二（一一九二）年です。とすれば、時代の変革という歴史、物語を感覚として捉えたものであるという評価もできるはずです。こうした読みが正鵠を得ているか否かは問いません。しかし、アレゴリーとは、このように作者と享受者との共犯関係の中に見いだされていく修辞法でもあるのです。

こうした、修辞法をひとまず認めた上で、『富嶽百景』を眺めてみると、これまでのこの作品に対する読みとはまた違った読み方もできるのではないか、と考えています。

次の文章は、御坂峠を下りることになった時のエピソードで若い娘さんに頼まれて写真機のシャッターを切った場面からと最後の部分です。

私は平静を装ひ、娘さんの差し出すカメラを受け取り、何気なささうな口調で、シャッタアの切りかたを鳥渡《ちよつと》たづねてみてから、わななきわななき、レンズをのぞいた。まんなかに大きい富士、その下に小さい、罌粟《けし》の花ふたつ。ふたり揃ひの赤い外套を着てゐるのである。ふたりは、ひしと抱き合ふやうに寄り添ひ、屹つとまじめな顔になつた。私は、をかしくてならない。カメラ持つ手がふるへて、どうにもならぬ。笑ひをこらへて、レンズをのぞけば、罌粟の花、いよいよ澄まして、固くなつてゐる。どうにも狙ひがつけにくく、私は、ふたりの姿をレンズから追放して、ただ富士山だけを、レンズ一ぱいにキャッチして、富士山、さやうなら、お世話になりました。パチリ。

「はい、うつりました。」

「ありがたう。」

ふたり声をそろへてお礼を言ふ。うちへ帰つて現像してみた時には驚くだらう。富士山だけが大きく写つてゐて、ふたりの姿はどこにも見えない。

その翌る日に、山を下りた。まづ、甲府の安宿に一泊して、そのあくる朝、安宿の廊下の汚い欄干によりかかり、富士を見ると、甲府の富士は、山々のうしろから、三分の一ほど顔を出してゐる。酸漿に似てゐた。

『富嶽百景』冒頭には、すでに見ておいたように次の文章がありました。

東京の、アパートの窓から見る富士は、くるしい。冬には、はっきり、よく見える。小さい、真白い三角が、地平線にちよこんと出てゐて、それが富士だ。なんのことはない、クリスマスの飾り菓子である。しかも左のはうに、肩が傾いて心細く、船尾のはうからだんだん沈没しかけてゆく軍艦の姿に似てゐる。

と描かれた、この富士は、作品の最後に「甲府の富士は、山々のうしろから、三分の一ほど顔を出してゐる。酸漿に似てゐた。」と書かれることになります。そのことを考える前に解決しておかなければならない問題が一つあります。それはなぜ「私は、ふたりの姿をレンズから追放して、ただ富士山だけを、レンズ一ぱいにキャッチして、富士山、さやうなら、お世話になりました。パチリ。」としたのかという問題です。富士山を撮影したのは、御坂峠を去るに当たっての富士山への挨拶である、と考えることができます。しかし、それは、「私は、ふたりの姿をレンズから追放し」た理由にはなりません。ではなぜか。答えは、二人の女性を「罌粟の花ふたつ」と書いてあることにあると考えています。では、「罌粟の花ふたつ」とは何でしょうか。『日本国語大辞典』の「罌粟」の項目には次のような説明があります。
その前に、お断りを一つ、これまでは、これまでは、作中人物の「私」を中心において、極力、作者コードを余程必要な場合でない限り使用しないようにしてきました。ここでも、作者コードはやはり限定的に使用したいと思いますので、意のあるところをお察しいただければ、と考えています。

さて、『日本国語大辞典』（第二版）での「罌粟」についての項の記述、

> ②ケシ科の一、二年草。ギリシャおよびアジア原産。中近東、インド、中国などで栽培されている。日本には足利時代にインドから津軽地方に伝来したらしく、天保年間（一八三〇―四四）に関西にも広がり、はじめ「津軽」と呼ばれた。

「罌粟」とは、「印度」から来た（33頁参照）「津軽」であったのです。さらに付け加えれば、「罌粟」はアヘン、麻薬の原材料であり、それはパピナールと共通するものでもあったのです（成田真紀・福田眞人・平井勝利「ケシ（Papaver spp）栽培と阿片の歴史―起源と伝播に関する一考察―」Journal of the Faculty of Agriculture SHINSHU UNIVERSITY vol.35 no.1 1998)。

とすれば、この二人の「罌粟の花」を写真のフレームから外したことは、「津軽」と「薬物中毒」とを除外したことにならないでしょうか。「罌粟の花ふたつ」はある種のアレゴリーということができます。

そうなりますと、「酸漿」とは何のアレゴリーなのでしょうか。緑の五角形の苞の袋が赤く色づく頃のものを赤富士の連想から言ったものなのでしょうか、それとも中の丸い実が赤く色づいたものをさしているのでしょうか、判断しがたいところがあるのですが、寒い冬の到来を間近に感じる季節であるとすれば、苞もうすく茶褐色になり、中の実が赤くなっている状態のものだと考えることができます。つまり、それは「赤酸漿」ということになります。とすれば、例えば『古事記』を引き出すまでもなく謡曲の『大蛇（おろち）』などにみられるように、八岐大蛇の「まなこ」を意味していることになります。念のために、まず、『古事記』の八岐大蛇についての素戔嗚尊の問いに対する足名椎《あしなづち》の説明を引いておきます。

「彼の目は赤加賀智の如くして、身一つに八頭八尾有り。亦其の身に蘿《こけ》と檜榲《すぎ》と生ひ、其の長《たけ》は谿八谷峡八尾に渡りて、其の腹を見れば、悉に血爛れつ。」（此に赤加賀智と謂へるは、今の酸醤なり）

実は、なぜこんなことにこだわるかといえば、大きな意味があるからです。それは、『古事記』の素戔嗚尊は、森鷗外の短編小説『杯』と深いかかわりがあるからです。この作品は、従来、自然主義に対する鷗外の立ち位置を示すものとして読み解かれ来ましたが、最近では松木博によって、鷗外の親友であり夭折した画家原田直次郎の「素尊斬蛇」との関係をも説かれています（「『杯』の美術的側面」森鷗外研究会編『森鷗外と美術』双文社出版、二〇一四年七月所収）。この小説には「十一二位」の少女七人と「十四五」の娘一人が登場します。七人は、ともに「温泉宿から皷が滝へ登って行く途中」の「清冽な泉」に杯をもって水を飲みに行き、年上の一人は、遅れてやってくる。七人の少女はともに同じ「自然」の文字を描いた銀の杯を持っています。そしてこの七人の一人は、「酸漿」を口に含んでいました。七人は、

手ん手に懐《ふところ》を捜って杯を取り出した。
青白い光が七本の手から流れる。
皆銀の杯である。大きな銀の杯である。
日が丁度一ぱいに差して来て、七つの杯はいよいよ耀《かがや》く。七条の銀の蛇が泉を繞つて

奔る。

銀の杯はお揃で、どれにも二字の銘がある。

それは自然の二字である。

妙な字体で書いてある。何か拠どころがあって書いたものか。それとも独創の文字か。

かはるがはる泉を汲《く》んで飲む。

「酸漿」と傍線部で、「八岐大蛇」へのイメージが浮かび上がってくることは、松木のいう通りでしょう。一方、遅れてきた年上の乙女は、七人とは違い、別の杯を出して水を飲もうとします。少し長くなりますが、そこから後のやりとりを引用しておきます。

第八の娘は裳のかくしから杯を出した。

小さい杯である。

どこの陶器か。火の坑《あな》から流れ出た熔巌の冷めたような色をしている。

七人の娘は飲んでしまった。杯を漬た迹のコンサントリックな圏泉の面に消えた。

凸面をなして、盛り上げたようになっている泉の面に消えた。

第八の娘は、藍染の湯帷子の袖と袖との間をわけて、井桁の傍に進み寄った。
七人の娘は、この時始てこの平和の破壊者のあるのを知った。
そしてその琥珀いろの手に持っている、黒ずんだ、小さい杯を見た。
思い掛けない事である。
七つの濃い紅の唇は開いたままで詞がない。
蟬はじいじいと鳴いている。
やや久しい間、只蟬の声がするばかりであった。
一人の娘がやうやうの事でかう云った。
「お前さんも飲むの」
声は訝に少しの嗔を帯びていた。
第八の娘は黙って頷た。
今一人の娘がかう云った。
「お前さんの杯は妙な杯ね。一寸拝見」
声は訝に少しの侮を帯びてゐた。
第八の娘は黙って、その熔巌の色をした杯を出した。

小さい杯は琥珀いろの手の、腱ばかりから出来てゐるやうな指を離れて、薄紅のむつくりした、一つの手から他の手に渡つた。

「まあ、変にくすんだ色だこと」

「これでも瀬戸物でしようか」

「石じやあないの」

「火事場の灰の中から拾って来たやうな物なのね」

「墓の中から掘り出したやうだわ」

「墓の中は好かつたね」

七つの喉から銀の鈴を振るような笑声が出た。

第八の娘は両臂を自然の重みで垂れて、サントオレアの花のような目は只じいっと空を見てゐる。

一人の娘が又かう云つた。

「馬鹿に小さいのね」

今一人が云つた。

「そうね。こんな物じやあ飲まれはしないわ」

今一人が云った。

「あたいのを借さうかしら」

慂みの声である。

そして自然の銘のある、耀く銀の、大きな杯を、第八の娘の前に出した。

第八の娘の、今まで結んでいた唇が、この時始て開かれた。

“MON. VERRE. N'EST. PAS. GRAND. MAIS. JE. BOIS. DANS. MON. VERRE.”

沈んだ、しかも鋭い声であつた。

「わたくしの杯は大きくはございません。それでもわたくしはわたくしの杯で戴たただきます」と云つたのである。

七人の娘は可哀らしい、黒い瞳《ひとみ》で顔を見合った。

言語が通ぜないのである。

第八の娘の両臂は自然の重みで垂れている。

言語は通ぜないでも好い。

第八の娘の態度は第八の娘の意志を表白して、誤解すべき余地を留めない。

一人の娘は銀の杯を引つ込めた。

自然の銘のある、耀く銀の、大きな杯を引っ込めた。
今一人の娘は黒い杯を返した。
火の坑から湧き出た熔巌の冷めたような色をした、黒ずんだ、小さい杯を返した。
第八の娘は徐かに数滴の泉を汲んで、ほのかに赤い唇を潤した。

長い引用になってしまいました。やや飛躍した言い方をすれば、ある種の既成の党派的イデオロギーに対して独自の価値観をもって向かい合う存在を象徴しているのが、第八の娘ということになります。あるいは自己を確立した存在であると考えられます。この、第八の娘を、原口直次郎の美術界における鷗外の評価と見るのが、松木の論の眼目ですが、それは、また、鷗外の文藝史における鷗外自身の立場であったとも読むこともまた可能です。具体的に描かれているのは、水辺での、乙女達が水を飲む行為です。しかし、そこには価値観の相克といった抽象的なもう一つの物語が描かれていることになります。ここにもアレゴリーともいうべき修辞法を認めてもいいのではないでしょうか。

二十七歳の太宰治が鷗外を夏目漱石よりも高く評価していたことは、昭和十（一九三五）年の十月一日の「東京日日新聞」に書いた「余談」の中に、ここには、「鷗外と漱石」といふ題にて、鷗外の作品、なかなか正当に評価せられざるに反し、俗中の俗、夏目漱石の全集、いよいよ華やかなる世情、涙出づるほどくやしく思ひ、参考のノートや本を調べたけれども、「僕輩」の気折れしてものにならず。この夜、一睡もせず。朝になりやうやう解決を得たり。解決に曰く、時間の問題さ。かれら二十七歳の冬は、云々。へんに考えつめると、いつも、こんな解決也。

と表白しているし、さらにまた、「花吹雪」（昭和一九年発表）で、三鷹の禅林寺の森鷗外の墓所について、

ここの墓所は清潔で、鷗外の文章の片影がある。私の汚い骨も、こんな小奇麗な墓所の片隅に埋められたら、死後の救いがあるかもしれない。

と書いたことでもわかります。太宰治が、鷗外の「杯」の、第八の娘の存在に、自分の抱えている立場や問題をオーバーラップさせていたとすれば、この「酸漿」に似ている富士山は、ま

だ越えなければならないものでもあるし、自分を見つめる目である、とも感じたのではないでしょうか。さらにいえば、七人の乙女の姿に、文藝史の流れを見て、その文藝史の流れに対しレボリューションを企むものの姿を見てもいいと思われます。

ここで、太宰治の『富嶽百景』における「私」の行動を、「仙遊」の場所である御坂峠を「仙境」ととらえ、東京を俗世間と考え、甲府をその境界と理解した上で、仮に次のように整理してみるとどうなるでしょうか。

東京（俗）→甲府（境界）→御坂峠（仙境）→三つ峠（仙境）→御坂峠（仙境）→甲府（境界・薔薇・睡蓮）→吉田（仮の仙境・月・薄）→御坂（仙境）・（三日に一度川口村（境界・月見草））→御坂（仙境・雪）甲府（境界＝雪の富士）→御坂峠仙境→甲府（境界・酸漿の富士）

こう考えると吉田で「富士に化かされた」ことも「仙境」から離れた場所だからこそ起こった出来事ということになります。そう考えることでさらに新しい問題が生じてくることになります。そこには、ある種の藝術上の企みがなされているということになるのではないかということ疑

問です。つまり、

雪＝富士　甲府

月＝富士・吉田

花＝薔薇・睡蓮・月見草・罌粟（別名＝津軽）・すすき・つまらぬ草花（吉田の遊女が御坂峠で摘んでいたもの）・酸漿（鬼灯＝とも書く「鬼火」への連想も）

という「雪月花」という古典的な美意識がここに働いているのではないかということです。

「すすき」については既に触れておきました。

「薔薇」は、甲府でのお見合いの時に、相手の家の庭にいっぱい咲いていたもの。「白薔薇」は清浄純潔、「赤薔薇」は情熱が花言葉。「睡蓮」は、「私」の後ろの長押にかけられた富士の火口の鳥瞰写真をみての「私」の印象なのですが、これはお見合いの相手のイメージともなっており、「私」の相手の女性への挨拶にもなっていることは、今さら説明する必要はありますまい。そして、それだけではなく、極楽浄土にあるという蓮池へとイメージがつながっていることもまた否定できないでしょう。「私」は救われたいのです。「私」が求めていた女性は「清浄純潔」な処女でもなければ「情熱」的な女性でもない、母性的な女性だったのです。念の為にいえば、富士山の火口は内院もしくは内陣・御鉢と称され、その外周は高所を八葉の蓮華とされ八葉または八朶の峰といわれることがあり、富士山の火口は古くから蓮にたとえられ、浄土を観想されてきました。

問題は「月見草」。「富士には月見草がよく似合ふ」のフレーズが膾炙したため、この言葉が一人歩きをしている感が強いのですが、答えが既に出されていることは、既にお気づきのことだと思います。簡単なことです。「私」は「仙遊」をするつもりで御坂峠に来て滞在しているのです。「仙遊」とは別の言い方をすれば、これまで本書で書いてきたと

睡蓮（著者撮影）

おり、日本の文藝史の中に位置づけるとすれば、「配所の月を見る」ということになります。「(仙境・御坂峠) で月を見る」で「月見草」。言葉の遊びなのです。これを駄洒落、親父ギャグの類いとみるか、韻文なかんずく和歌の世界の技法の一つ「掛詞」とみるか。太宰治自身は、このことのために『富嶽百景』を書いたというのはさすがに言い過ぎですが、「月見草」は実際に見ると決して可憐な花ではない。「金剛力草」に相応しい背丈や茎の太さを持っています。そして「草」には、敵情を探る者の意もあれば「草莽」をよびおこす力もあります。当時の文藝的世界観へのレボリューションの喩であったのです。

長部日出雄が言うとおり(本書「一　なぜ、沼津なのか」)、作者のイメージの中にしか存在しない花なのです。

そして甲府のもう一つの植物が「酸漿」でした。しかし、このイメージを得たのは、見合いの相手の家ではありませんでした。それは、「山を下り」て、甲府の「朝、安宿の廊下の汚い欄干によりかかり」見た富士でした。それは、作品の初めの部分で「東京の、アパートの窓から見る富士は、くるしい。冬には、はつきり、よく見える」。「小さい、真白い三角が、地平線にちよこんと出てゐて」「なんのことはない、クリスマスの飾り菓子である。しかも左のほうに肩が傾いて心細く、船尾のはうからだんだん沈没しかけてゆく軍艦の姿」「アパートの便所の金網張られた四角い窓から、富士が見えた。小さく、真白で、左のはうにちよつと傾いて、あの富士を忘れない。窓の下のアスファルト路を、さかなやの自転車が疾駆し、おう、けさは、やけに富士がはつきり見えるぢやねえか、めつぽふ寒いや、など呟きのこして、私は、暗い便所の中に立ちつくし、窓の金網撫でながら、じめじめ泣いて」見た富士とも違わなければならない筈でした。もしも、「酸漿」が「鬼灯」であり、「大蛇のまなこ」のアレゴリーであるとするならば、富士を見ていた「私」が富士によって見つめられていることを暗示しているし、この目を何とかしなければ、素戔男尊ではないが、奇稲田姫《くしなだひめ》との結婚はできないのです。結婚ひいては新しい生活を前にした不安といったものは全くなかったのでしょうか。甲府は境界の地でした。とすれば、そこにあるのは、壇一雄が書き留めた、

選ばれたものの恍惚と不安と二つながら我にあり

という思いが、「酸漿」には込められているのではないのでしょうか。もしそうだとすれば、他者の目を強く意識しなければいられない「私」がいて、それから十分に脱却しきれていない存在の不安がつきまとった最後の一文であるということになります。とすれば、『富嶽百景』

の最後は、未来に向かって開かれた、明るいものでは必ずしもないと言うことになるのではないでしょうか。

そこで、もう一つの補助線を導入してみましょう。最初にツールの一つとしてあげておいた折口信夫の言説です（本書「二　なぜ、御坂峠へ」）。見合いの相手から選ばれた「恍惚」そしてこれからの生活への「不安」というのは、折口信夫の総括から類推できるし、なかでも「古典」についての言説は、そのささやかな側面を本書で指摘した通りです。

しかし、太宰治は一筋縄ではいかない所があります。太宰治には「古典竜頭蛇尾」という文章があって（「文藝懇話会」第一巻第五号、昭和十一（一九三六）年五月）、次のような言説が残されているからです。いくつかの部分を抜き書きしておきます。

「伝統」といふ言葉の定義はむづかしい。これは、不思議のちからである。（略）伝統とは自信の歴史であり、日々の自恃の体積である。日本の誇りは天皇である。日本文学の伝統は、天皇の御製に於いて最も根強い。

（略）

日本の文学の伝統は、美術、音楽のそれにくらべ、げんざい、最も微弱である。私たちの世代の文学にどんな工合の影響を与へてゐるだらう。思ひついたままを書きしるす。

答。ちつとも。

私たちの世代にいたつては、その、いとど嫋々たる伝統の糸が、ぷつんと音をたてて切れてしまつたかのやうである。詩歌の形式は、いまなほ五七五調であつて、形の完璧を誇つて居るものもあるやうだが、散文にいたつては。

（略）

病トロツキイが死都ポンペイを見物してあるいてゐるニユウス映画を見たことがる。涙が出たくらゐに、あはれであつた。私たちの古典に対する、この光景と酷似している。源氏物語自体が、質的に優れてゐるとは思はれない。源氏物語と私たちとの間に介在する幾百年の風雨を思ひ、さうしてその霜や苔に被はれた源氏物語と、二十世紀の私たちとの共鳴を発見して、ありがたくなつて来るのであらう。いまどき源氏物語を書いたところで、誰もほめない。

日本の古典から盗んだことがない。私は、友人たちの仲では、日本の古典を読んでゐるはうだとひそかに自負してゐるのであるが、いまだいちども、その古典の文章を拝借したことがない。西洋の古典からは、大いに盗んだものであるが、日本の古典は、その点ちっとも用に立たぬ。まさしく死都である。むかしはここで緑酒を汲んだ。菊の花を眺めた。それを今日の文芸にとりいれて、どうのかうのではなしに、古典は、古典として独自のたのしみがあり、さうして、それだけのものであらう。かぐや姫をレヴユウにしたさうであるが、失敗したに違いない。

ここも、ずいぶん長い引用となってしまいました。『富嶽百景』が「文体」に発表されたのが、昭和十四（一九三九）年の二月。前年の年末には、脱稿していた（山内祥史前掲書）ので、この文章との間には、約二年半の時間があります。確かに、『富嶽百景』には、『走れメロス』のような、西洋古典の利用の仕方をしていないし、『女生徒』や『斜陽』のような、素材との作品との関係ありません。しかし、本書でみたように、古典世界のさまざまのエッセンスを吸収して、創られていることはまちがいありません。この、二年半がどのような時間であったのかを、探っておく必要はありそうです。

例えば、太宰治は、『走れメロス』を「新潮」の昭和十五（一九四〇）年五月に発表しますが、その終末は、どっと群衆の間に、歓声が起った。

「万歳、王様万歳。」

一人の少女が、緋のマントをメロスに捧げた。メロスはまごついた。佳き友は、気を利かせて教えてやった。

「メロス、君は、まっぱだかじゃないか。早くそのマントを着るがいい。この可愛い娘さんは、メロスの裸体を、皆に見られるのが、たまらなく口惜しいのだ。」

勇者は、ひどく赤面した。

古伝説とシルレルの詩には、ない部分。太宰治の創作部分です。

「古典竜頭蛇尾」から『走れメロス』までの、世間のできごとを年表でまとめてみますと次のようになります。

昭和十一（一九三六）年　二月　二、二六事件

一九三七　　七月　日中戦争勃発

一九三八　十一月　国民精神総動員中央連盟結成
　　　　　四月　国家総動員法公布
　　　　　十一月　「東亜新秩序」建設の発表
一九三九　三月　砂糖・ビール・木炭などの公定価格決定
　　　　　四月　米穀配給統制法公布
　　　　　五月　ノモンハン事件起こる
　　　　　六月　ネオンサイン全面廃止、パーマ禁止
　　　　　七月　国民徴用令公布
　　　　　十月　価格等統制令公布

などなどと戦時色が強まっていった、その中での、「万歳、王様万歳」です。太宰治には、実はこうした世間に対するアンテナがあり、様々な事情があったにせよ昭和十九（一九四四）年には国策小説『惜別』を書く。さて、「古典竜頭蛇尾」では、『源氏物語』についてもコメントしていますが、このコメントも、時代の流れの中での発言とおぼしい。というのは昭和八（一九三三）年の劇団「新劇場」による『源氏物語』の公演禁止騒動です。市川左団次、番匠谷英一らの劇団関係者はもとより、池田亀鑑らの国文学者を巻き込んだこの事件は、『源氏物語』の発禁への動きや昭和一八（一九四三）年の国定教科書「さくら読本」の中の「若紫」の削除を求める橘純一らの運動につながって行くことになるのですが、そうした動きを横目ににらんだ記述ともとれないことはありません。ここが、太宰治の難しいところです。

さらに、「古典竜頭蛇尾」は、五七五調の保つ力を指摘し、文学の伝統は、天皇の御製にあるとしています。二十一代集つまり勅撰和歌集の存在が、文藝の歴史を形成するといっているのです。とすれば、小説が、文藝史の伝統の中にそれなりの位置を占めるためには如何なる戦略が必要になるでしょうか。和歌を越えた作品を創り出すしかありません。当面の目的は、自分の生き方在り方ともシンパシーのある若山牧水ということになったとは考えられないでしょうか。その補強として、『能因歌枕』なる歌学書を残した旅の歌人と西行という、すがりつく幼い我が子を蹴りたおして出家し、旅に生きた歌人を持ち出したとも考えられるのです。

以上、作品の保つ古典世界との関係を掘り起こす作業、換言すれば、業平を起点にし、実方・藤房・鷗外、そして能因・西行、さらに芭蕉の影を横目にしながら、歌枕を見る旅、仙遊する旅について考えることで、『富嶽百景』の「私」の「旅」、「仙遊」の謎解きをさせていただきました。

これまで書かれてきた諸先学の『富嶽百景』のご労作とは、かなり色合いの違ったものになってしまいました。近代文学研究の成果を十分に取り入れられなかったことには、内心忸怩たるものがありますが、あえて、これまでのご労作を見ないようにした所も正直言ってあります。確かに、どう言訳しても、あちらにふらふらこちらにふらふらと余所見ばかりのそぞろ歩きになってしまっています。本当に長い回り道でした。

しかし、作家が文章を紡ぎ出そうとする営為は、文字通り「産みの苦しみ」であり、そこには、その作家のありとあらゆるものが作用していると考えられます。しかも、古い進化論のいい種ではありませんが、「個体発生は系統発生を繰り返す」ということもあります。作品は、確かにある作家の個性が生み出したものですが、それを文藝史の中において見たとき、人の世の喜怒哀楽が描かれていることに間違いはありません。作家は、たしかに、その作家の生きた時代が、歴史の宿命として、作家に迫ってくる課題に向き合って、命がけで書いて来ました。近代には近代の、現代には現代の命題がありました。しかし、そうした主題・モティーフ・表現の深層には、長い歴史の中に培われてきた資産があるし、そうした資産を典拠・準拠・本歌などとして意識的に利用したり、あるいはそれらが無意識の中に利用されてきて、新しい作品のなかに組み込まれていくことになったと考えてみたらどうでしょうか。文藝史とは、何年何月に誰それがどのような作品を書いたという書誌的なことが基本となることはいうまでもありませんが、先行作品どのような関係があってどこが新機軸なのかを捉えることでもあろうか、と私は考えています。その為の方法としてアレゴリーという修辞法を認めた上で読みといていくこともまた有効な方法であると考えています。

第二次世界大戦前夜という中で、何かがうごめき、文藝の根幹を揺るがそうとするとき、文藝のありようを見据えて、本来の有り様を示す作品が、蠕動し始める。そしてそこには、次世代の文藝の営みへの準備が込められているのではなかったか、というのは大げさな言い方ですが、本書で読み解いた、『富嶽百景』の持つ、先行文藝との関係性あるいは連続性は、私にそうしたことを考えさせてくれました。そしてこのことは、『富嶽百景』と『人間失格』との連環を読み解くことではっきりと立ちあらわれてくる予感が私にはあります。

本書での試みが、無駄であったのかどうなのかは、皆さんの判断にお任せするしかないと考えています。

お付き合い有り難うございました。

六　付録　「逍遙」の文藝について

本書において、筆者は「仙遊」という言葉をキーワードにして立論しました。「仙遊」ならば、それは当然、仙郷に遊ぶことだから、それは「逍遙」の文藝ではないのかという疑問をお持ちになるかも知れません。しかし、私は文藝史的にいえば、『富嶽百景』は私の考える「逍遙」の文藝ではありません。そこで、「逍遙」について考えていることをお話したいと思います。といっても坪内逍遙のことではありません。彼のことについては、そこまで行き着けることができるかどうか判りませんが、とりあえず『伊勢物語』の百六段のことから始めます。

むかし、男、親王たちの逍遙したまふ所にまうでて、龍田河のほとりにて、
　ちはやふる神代も聞かず龍田河からくれなゐに水くくるとは

『百人一首』にも採られて人口に膾炙している在原業平の代表歌についての章段です。この章段には大きな問題が二つあることが以前から指摘されて来ました。一つは所載歌の「水くくる」の解釈。もう一つは成立の問題です。解釈の問題は後で触れるとして、成立の問題というのは、『古今和歌集』にもこの歌が採歌されていて、その詞書の内容が、『伊勢物語』の詞章と整合性がない、という点にあります。『古今和歌集』には、次のように記載されています。

二條后の東宮の御息所と申しける時に、御屏風に龍田川にもみぢ流れたる形をかけりけるを題にてよめる。　素性

293　もみぢ葉の流れてとまるみなとにはくれなゐ深き波やたつらむ

業平朝臣

294　ちはやふる神代も聞かず龍田川からくれなゐに水くくるとは

そこで、次のようなことが言われることになります。

古今集には「(略)」と詞書があって、素性の「(略)」に並んで、この二九四番歌が収められている。もともと屏風歌として詠進されたものを、実際の親王達の逍遙の折に詠出されたもののように仕立てたのである。　(新日本古典文学大系『伊勢物語』)

『古今和歌集』が勅撰集なので、その詞書を信用し、その権威を認めるならば、この説明は納得がいきます。しかし、この詞書を信じたとしても、それでも『伊勢物語』の詞章もまたあ

り得るのではないかとも考えられるのではないでしょうか。例えば、『伊勢物語』に書かれているような実体験があった。そして「ちはやぶる」の歌が作られ、そのまま篋底にあった。それが、二條の后のお召しにより、屏風歌として出された。つまり、その経緯を図示すれば次のようになりましょうか。

竜田河での体験・作歌↓メモ

『伊勢物語』

『古今和歌集』

こうしたことは言うまでもなく、想像の産物であって、可能性を探るだけのものですが、絵画に触発されて作歌されたもの、あるいは机上の観念的なものによる作歌とするよりは、具体的な景を観た上での作歌と考えた方が納得できるのではないかとも考えられるからです。というのは、『伊勢物語』百六段の詞章に「逍遙」という言葉が用いられているからです。

この「逍遙」という言葉、『広辞苑』第六版には、「①そこここをぶらぶらと歩くこと。散歩。

②心を俗世間の外に遊ばせること。悠々自適して楽しむこと」などと説明されていますが、このような意味に落ち着くまでには多少の紆余曲折があった、と考えられます。この言葉、かなり古くから用いられているものらしく、中国では『詩経』に我が国では『万葉集』などに見られます。まず、『詩経』鄭風の中の「清人」と題する詩、

清人在彭　駟介旁旁
二矛重英　河上乎翱翔
清人在消　駟介麃麃
二矛重喬　河上乎逍遥
清人在軸　駟介陶陶
左旋右抽　中軍作好

清人《せいじん》彭《はう》にあり　駟介《しかい》は旁旁《はうはう》たり
二矛重英　河上にありて翱翔《かうしやう》す
清人消《せう》にあり　駟介は麃麃《へうへう》たり
二矛重喬　河上にりて逍遥す
清人軸《ぢく》にあり　駟介は陶陶《たうたう》たり
左に旋《めぐ》り右に抽《ぬき》きて　中軍にて好を作《な》す

この詩、大きく解釈が二つに分かれています。一つは歴史的な出来事に題材を求めた作とす

るものであり（目加田誠など）、もう一つは「河神」の様子を謡ったものとするものです。後者に従えば「彭」「消」「軸」は黄河の地名。清らかな河神が、河の上を「翺翔」「逍遥」する様子をうたったものということになります。この二つの語について牧角悦子は新釈漢文大系のなかで「尋常ならざる場面での特殊な身のこなし、つまり神霊、あるいはそれに仕える者の、そぞろなる所作を形容する語と思われる」と注記しています。難しいことはさておいて、ここでは、牧角氏のいう「尋常ならざるものの振る舞いであること」と「水辺の出来事であること」に注目しておきましょう。

次に見るのは、『万葉集』巻五、に載る大伴旅人が遙か九州太宰府の地から奈良の詩友吉田連宜に贈った「遊二松浦川一序」の冒頭部分です。作者に就いては、土屋文明のように山上憶良とする説などもありますが、ここではそうしたことには触れません。

余、以暫往二松浦之県一、逍遙、聊臨二玉嶋之潭一遊覧、忽値二釣レ魚女子等一也。

余、以《ここ》に暫く松浦の県《あがた》に往きて、逍遥し、聊《いささか》玉嶋の潭《ふち》に臨みて遊覧せしに、忽《ただ》ちに魚を釣る少女《おとめ》等に値ふ。

この作品は『文選』の情賦群や『遊仙窟』を利用して作られた作品であることが早くから指摘され、さらには神功皇后がこの地で鮎を釣ったという『日本書紀』に載る伝承を踏まえたものといった注もつけられ、虚構性が強く指摘されていますが、この松浦川で出会った「釣レ魚女子」を後では「仙女」に喩え、「逍遙」した先の松浦の県玉嶋の淵の「尋常ならざるものの振る舞いであること」「水辺の出来事であること」が妻問いを踏まえて謡われています。もちろん奈良の地から遠く離れた地で、都を思いある種の疎外感を持ち、流離しているという自覚とともに、それだからこそこうした文藝世界に慰めを見いだした作品であることを前提にしても、「逍遙」ということばが、水辺のことばであることにこだわりたいのです。

次は、『伊勢物語』の成立した時代に比較的近い作品から一例、詩の全部を引くべきなのでしょうが、長くなるので、最後の部分だけ引きます。菅原道真の『菅家文章』巻二にのる、「山家晩秋」と題するもので、題の下にある自注には、

以レ題為レ韻。右親衛平将軍河西別業也。

題を以て韻と為す。右親衛平将軍の河西の別業なり。

とあります。この川口久雄の日本古典文学大系の補注によれば、「親衛将軍」は近衛中・少将の唐名。平将軍は平朝臣正範に比定されており、「河西別業」はおそらく大堰川西岸桂付近かとされています。川辺での体験によって創られた作品であることがわかります。

數局圍碁招坐隠　數局の圍碁　坐隠を招く
三分淺酌飲忘憂　三部の淺酌　忘憂を飲む
若教天下知交意　若し天下をして交意を知らしめば
眞實逍遙獨此秋　眞實の逍遙　獨り此の秋のみならまし

最後の二句はもしも天下の人々に真の交友、友情というものを知らしめたいのならば、本当に悠々自適し心のままにこの大堰川のほとりの別荘で圍碁を囲み酒をほどよくかわした此の秋の二人の交友こそ、それだと言うことを知ってもらいたいものだといった意味合いでしょうか。「尋常ならざるもの」が二人の交友ともいえるわけで、というのもこの連の前の連には「雲泥不計地高卑」とあり「門地の高さ低さを比ぶれば、あなたは帝の血筋、私とは雲泥の差を問わず」とあることからも想像されます。「水辺」であることは言うまでもありません。

また、『うつほ物語』「吹上上」巻では、源涼の住む紀伊国吹上げの浜の地を、仲忠、仲頼、行正等が訪問した際に鷹狩りに行き、さらに玉津島に行ったときのことを、

玉津島にものしたまふほど、所ところに御設けしたる人多かり。玉津島に参りたまひて、そこに逍遥したまひて、帰りたまふとて、

と記しています。玉津島は現在で言えば和歌山市和歌の浦にある小島で玉津島神社があり祭神は稚日女尊・衣通姫・神功皇后・明光浦霊（あかのうらのみたま）です。神功皇后が祭られていることが気にはなりますが、「逍遥」が水辺と深い関わりのあることばであったことを確認しておくことだけにしておきます。

『大鏡』で「逍遥」という言葉が用いられるのは、藤原公任の有名なエピソード「三船の才」に於いてです。そこでは、

ひとゝせ、入道殿の、大井川に逍遥せさせ給ひしに、作文のふね・管弦の舟・和歌の舟

とわかたせたまひて、

と書き始められています。王朝の雅をしめす大がかりな行事が「逍遙」とされています。この行事の主催者藤原道長は、その生活の中で「逍遙」することが好みでもあったらしく、例えば、宇治の別荘を「逍遙所」としていたようです。この別荘はもともと『伊勢物語』の世界とも深い関係のある源朝臣融の別荘であったものです。それを源朝臣雅信が伝領していたものを長徳四年に道長が買収したもので、おそらくは宇治の平等院の前身と考えられるものですが、『栄華物語』の巻十九には、次のような記述が見られます。

また、その月の二十日のほどに宇治殿におはします。そこにて御八講せさせ給ふなりけり。そこを年頃逍遙所にせさせ給へりしかば、その懺悔と思し召して、法華経・四巻経など書かせ給ひて、阿弥陀の曼荼羅などかき奉らせ給ひて、五の講師を具してはしまして、五日のほど講行わせ給べきなりけり。

とあって、この宇治殿が川遊びの場所として、また御八講の主旨からいって漁猟などを楽しんだと考えられます。藤原道長といえば、すぐ連想されるのが、『源氏物語』ですが、この物語にも「逍遙」という言葉は使用されています。おもしろいことに、その用例は、住吉神社にかかわる場面で用いられています。

光源氏は、住吉神社への参詣を「澪標」巻と「若菜下」巻で行います。十七年間の時間をおいてなされたこの二回の住吉神社でのそれぞれの出来事は、かなり詳しく描かれていますが、京と住吉の往還に就いてはどのような道筋を通り、いかなる交通手段を用いたのかについては、あらすじに余り関係のないせいか、ほとんど書かれていません。ただ、二つの場面の、住吉神社から京への帰途についてみてみますと、ある共通点が浮かび上がってきます。まず、「澪標」巻から、

道のままに、かひある逍遙遊びののしりたまへど、御心にはなほかかりて思しやる。遊女どもの集ひ参れる、上達部と聞こゆれど、若やかにこと好ましげなるは、みな目とどめたまふべかめり。

次いで、「若菜下」巻では、

詣でたまひし道は、ことごとしくて、わづらはしき神宝、さまざまに狭げなりしを。帰さはよろづの逍遙を尽くしたまふ。言ひ続くるもうるさくむつかしき事どもなれば、

往路はともかく帰路は精進落としというわけでもないのでしょうが、「かひある〈逍遙〉」「よろづの〈逍遙〉を尽くし」ながらの行程であったようです。その実態はというと「澪標」巻に「遊女」ということばが出てくるので、おおよそ見当が付くのですが、そのことを裏付ける資料が大江匡房の『遊女記』です。この文章は京と西国との往還の際、京と摂津、和泉の間にある、淀川水系の、神崎、江口の遊女の様子を記したものですが、その中の一節には、

長保年中、東三條院参二詣住吉社天王寺一。此時禅定大相國被レ寵二小觀音一。長元年中、上東門院又有二御行一。此時宇治相國被レ賞二中君一。延久年中、後三條院同幸二此寺社一。狛犬犢之類。並レ舟而來。人謂二神仙一。近代之勝事也。雲客風人為レ賞二遊女一。

長保年中、東三條院は住吉の社天王寺に参詣したまひき。此の時禅定大相國《ぜんじょうだいしょうくに》は小観音を寵せられき。長元年中、上東門院はまた御行ましましき。此の時宇治相國は中君を

賞《もてあそ》ばされき。延久年中、後三條院は同じく此の寺社に幸したまひき。狛犬犢《こないぬこうし》之類。舟を並べて來れり。人神仙を謂《おも》へり。近代の勝事なり。

とあって、摂関家に関わる人々の様子を教えてくれています。東三條院は藤原道長の庇護者であった藤原詮子、禅定大相國は言うまでもなく藤原道長、上東門院は道長の女一条天皇后藤原彰子、宇治相國は藤原道長の子頼通、宇治平等院鳳凰堂を建立したことで名高い。小観音、中君、狛犬、犢は遊女達の名前でしょう。こうした貴族達の行動の一端が、『源氏物語』の二つの「逍遙」ということばによって書き表されているといってもよいかもしれません。『源氏物語』には記されていませんが、おもしろいことに『遊女記』では、遊女達のことを「神仙」といっています。江戸時代の遊里がいわば非日常の異境であったのと同じく感覚であったのでしょう。しかし、人々の思いはどうであれ、「逍遙」ということばが、水辺の尋常ならざるものと関わっていることだけは確認できます。このように見てきますと、藤原道長の時代には、実質的な遊興（船遊び＝詩歌管弦や釣魚・梁漁など、さらには遊女）のニュアンスが強くなり、「尋常ならざるもの」とのかかわりはうすくなっていますが、日常とは違う時空への体験であることは色濃く残っているといってもいいでしょう。

これまで、「逍遙」ということばの持つ実質について、いろいろと述べてきましたが、これらのことを踏まえて、「ちはやふる」の歌の解釈を試みたいのですが、その前に今少し確認しておきたいことがあります。それは『伊勢物語』の中の今ひとつの「逍遙」の例で、六十七段の詞章です。

むかし、男、逍遙しに、思ふどちかいつらねて、和泉の國へ二月ばかりにいきけり。河内の國、生駒の山を見れば、曇りみ、晴れみ、たちゐる雲やまず。あしたより曇りて、昼はれたり。雪いと白う木のするゑに降りたり。それを見て、かの行く人の中に、たゞ一人よみける。

きのふけふ雲のたちまひかくろふは花の林をうしとなりけり。

次の六十八段に、「むかし、男、和泉の國へいきけり。住吉の里、住吉の浜を行くに」とありますから、目的の一つは住吉神社であったのかもしれません。となりますとその行程は、淀川水系が利用されたとも考えられます。ともかく水辺と関わりがあると考えてよいでしょう。

ところで、『伊勢物語』といえば在原業平、その業平の『日本三代実録』に載せられた卒伝記の中に、

體貌閑麗　放縦不拘　略無才學　善作倭歌

體貌閑麗　放縦拘はらず　略才學なくして　善く倭歌を作る

という評語があることは既にみておきましたが、この中の「體貌閑麗」の典拠が『文選』賦篇の宋玉の手になる「登徒子好色賦」にあることは、渡辺秀夫の『平安朝文学と漢文世界』が指摘したとおりでしょう。『文選』には、宋玉の作品がいくつか載っていますが、その中の「高唐賦」は次のようにはじまります。

昔者楚襄王、與㆓宋玉㆒遊㆓於雲夢之臺㆒。望㆓高唐之觀㆒、其上獨有㆓雲氣㆒。崒兮直上、忽兮改㆑容。須臾之間。變化無㆑窮。王問㆑玉曰、此何氣也。玉對曰、所謂朝雲者也。王曰何謂㆓朝雲㆒。玉曰、昔者先王嘗遊㆓高唐㆒、怠而晝寢。夢見㆓一婦人㆒、曰、妾巫山之女也。為㆓高唐之客㆒、聞㆓君遊㆓高唐㆒、願薦㆓枕席㆒。王因幸㆑之。去而辭曰、妾在㆓巫山之陽㆒。朝

朝暮暮、陽臺之下、旦朝視レ之如レ言。故為立廟、号曰二朝雲一

昔者　楚の襄王、宋玉と雲夢《うんぼう》の臺に遊ぶ。高唐の觀を望むに、其上に獨り雲氣あり。崪《たか》く直ちに上り、忽《たちま》ち容《かたち》を改めたり。須臾の間。變化窮まり無し。王玉に問ひて曰く、此何の氣ぞやと。玉對へて曰、所謂朝雲といふ者なりと。王曰く何をか朝雲と謂ふと。玉曰く、昔者　先王嘗て高唐に遊び、怠りて晝寝す。夢に一婦人を見る、曰、妾は巫山の女なり。高唐の客為り、君高唐に遊ぶと聞く、願はく枕席《ちんせき》を薦めんと。王因て之を幸す。去るとき辭して曰く、妾巫山の陽《みなみ》在り。朝暮暮、陽臺の下《もと》にあり、旦朝に之を視るに言の如し。故に為に廟を立て、号して朝雲と曰ふと。

この「高唐賦」は藤原定家の「はるの夜の夢の浮き橋とだえしてみねに分かるる横雲の空」の発想のもとになったものの一つとも考えられていますが、雲が「巫山之女」と名のること自体「尋常ならざること」ですが、この巫山というのは一説によれば所謂長江三峡の巫峡にあたるといいます。水と関わりのある地です。「雲夢之臺」自体が楚の広大な沼沢地である雲夢沢で、楚王の遊猟地であり、そこに立つ楼台のことですから、水とは切っても切れないわけで、そこで夢とはいえ尋常ならざることがあるわけです。もしも、六十七段に描かれる「雲」が、

何かの神格を示すものであったとしたら、この歌はやはり「逍遥」に相応しい歌であるということになります。

本論の最初に、「ちはやふる」の歌には大きな問題が二つあるといいました。成立の問題と解釈の問題です。解釈の問題は「水くくる」の意味です。「紅葉が水を潜る」ととるか賀茂眞淵が『宇比麻奈備』で主張しているように「水を括り染めにしたのだ」ととるかです。「括り染め」説に対しては、

それでは一首の構造上「くくる」の主語を欠くことになり安定感に乏しい。

と批判する説（新潮日本古典集成『古今和歌集』）もあるのですが、そこに尋常ならざるものの姿をみるとどうなるでしょうか。また「くくる」の主語を「造物主」とする説（笠間文庫『古今和歌集』）もありますが、このことばは元来キリスト教関係の用語。少し無理な言い方ではないでしょうか。それよりも『古今和歌集』の二九八番歌、

秋の歌　兼見王
龍田姫手向くる神のあればこそ秋の木の葉の幣とちるらめ

にある「龍田姫」を想定してみたらどうでしょうか。平城の東は佐保姫、五行説に従って春の神。平城の西は秋の龍田姫、そうしたことを考えると、水を「括り染め」したのは誰か自ずから決まることになります。解釈の問題は一応これで解決することができます。そうすると残されるのは成立の問題です。実景を見て創ったのか、それとも屏風絵に合わせて創ったのかという問題です。確かにこの時代は屏風歌がかなり制作されていました。しかし、その制作の実態ははっきりとは判りません。実景を見たともいえますし、屏風絵だけでも創作できるともいえます。そこで、結論を出すためにもう一例だけ「逍遙」の用例を見ておきましょう。『荘子』です。この書物は内篇外篇雑篇の三篇から成り立っていますが、内篇の最初、いや『荘子』の冒頭にあるのが「逍遙遊篇」です。この篇の意味は、端的に言えば「とらわれのない自由な境地に心を遊ばせること」ということになります。

北冥有レ魚、其名為レ鯤、鯤之大、不ニ知其幾千里一也、化而為レ鳥、其名為レ鵬、鵬之背、

不㆓知其幾千里㆒也、怒而飛、其翼若㆓垂天之雲㆒。是鳥也、海運則將㆑徙㆓於南冥㆒、南冥者天池也。

北冥に魚有り、其の名を鯤《こん》と為す。鯤の大いなる、其の幾千里なるをしらず。化して鳥と為る、其の名を鵬《ほう》と為す。鵬の背、其の幾千里なるをしらず。怒して飛べば、其の翼、垂天の雲の如し。是の鳥や、海運れば則ち將に南冥に徙らんとす。南冥とは天池なり。

（岩波文庫『荘子』）

「冥」は古写本「溟」とあったと言います。大海のこと。北の大海に巨大な魚である「鯤」がいて、それは鵬になり、南の大海に向かって羽ばたく。まことに雄大な書き出しです。そうした世界が「逍遙」なのでしょう。しかもここにあるのは、水辺と尋常ならざるものの存在です。「逍遙」はこのように見れば、どうも、流離や漂泊とは少し次元が違うようです。『伊勢物語』の中に見られる疎外感やそこからの反体制的な貴種流離譚につながる思いとは少し距離を置いた方がよいようです。確かに『万葉集』巻五の例は大伴家持の不遇観があるともいえますが、それ以外の「逍遙」の例は、そうしたケースには必ずしも行き着かないようです。さらにいえば、『万葉集』巻五の例でもそこに歌われているのは、基本的には「水辺で尋常ならざるものに出会う」というところにあると思われます。そうだとすれば、やはり、疎外感や貴種流離譚に結びつけるのは早計と考えざるを得ません。

さて、問題は、「ちはやふる」の成立です。屏風絵の場合は、簡単に言ってしまえばイメージの展開です。そのもとは何か、確かに、『詩経』『文選』『菅家文章』といった世界から「逍遙」のイメージは展開できます。水辺、尋常ならざるものの存在。しかし、ここで行き詰まってしまうのです。先に引いたように、在原業平に対する評の一つは「略無才學」でした。業平の漢学の素養がどのようなものであったのか、つかめないのです。その一方で、業平には、『古今和歌集』「仮名序」には、

その心あまりてことばたらず、しぼめる花の色なくて香り残れるが如し

とあります。情感豊か、うたごころは確かだったのでしょう。しかし、この「ことばたらず」は強い表現でしょう。とすれば、典拠のあることばを用いたと見るよりは、実景を踏まえて出てきた作品と見る方が、実態に即していると思うのですが、いかがでしょうか。

余談ですが、おそらく、坪内勇蔵（後に雄蔵）は、『荘子』を意識して逍遙と名乗ったのでしょう。だからこそ、早稲田大学英文科であった新潟、高田出身の小川健作の大成を期して、未明の名前を与えたのでしょう。「北冥」は北国の海を連想しますし、「未明」は「冥」の意味の一つ「暗」に通じます。しかし、それは鵬として翔くものを蔵するものでもあったのです。

補　説

1 「私」が、御坂峠を訪れ、「仙遊」しようとした時に、西行の、
寂しさに堪へたる人のまたもあれな庵並べむ冬の山里
があったのではないかという思いさえしています。

2 折口信夫は、臼井吉見との対談で次のようにも述べている。
臼井 太宰さんの小説には何かニヒリズムと云ひますか……
折口 あの深刻みたいな顔をするところがいけない。やはり津軽の人だから明るい筈です。津軽といふところは、非常に明るいですから。深田久弥さんは津軽の人ぢやないのに作品には、澄み切った津軽の明るさが出て居ります。太宰君は津軽を私どもの考へる津軽と同じもに考えているのではありませんか。それにも一つは、つきあつたことはありませんからこんなことは云へないないかもしれませんが、自分がどこかうはづつた処があると思つて、それが作品では押さへる力になつてはたらきかけるといつたところがあるのではありませんか。何か暗いことをかかなければいけないと思つてゐた時期があっ

たやうですね。脚本はよくないと思ひます。真船豊を深刻にしたやうな……。戯曲といふものは、小説より複雑な感銘が、同時に整頓せられて、だたつと這い入ってくるやうにしなければいけないと思ひますし、それに柳田先生が仰言るまでもなく、らいとえんじんぐえなくってはね。人生が不幸になります。

（山内祥史編前掲書所収「短歌と文学　対談（抄）」による。同書によれば、初出は一九四七年五月一日付発行の短歌雑誌「八雲」通巻第四号、五月号）

3

昭和十（一九三五）年七月、第一回芥川賞に、新進作家とデビューした太宰治の「逆行」と「道化の華」が最終候補として残った。しかし、結果は、石川達三の「蒼氓」が受賞。芥川賞選考委員の川端康成の「道化の華」評に対して以下のような反論を発表し文壇を騒がせた。

あなたは文藝春秋九月号に私への悪口を書いて居られる。「前略。――なるほど、道化の華の方が作者の生活や文学観を一杯に盛っているが、私見によれば、作者目下の生活に厭《いや》な雲ありて、才能の素直に発せざる憾うらみあった。」

おたがいに下手な嘘はつかないことにしよう。私はあなたの文章を本屋の店頭で読み、たいへん不愉快であった。これでみると、まるであなたひとりで芥川賞をきめたように思われます。これは、あなたの文章ではない。きっと誰かに書かされた文章にちがいない。しかもあなたはそれをあらわに見せつけようと努力さえしている。

（略）

そのうちに私は小説に行きづまり、謂《い》わば野ざらしを心に、旅に出た。それが小さい騒ぎになった。

（略）

小鳥を飼い、舞踏を見るのがそんなに立派な生活なのか。刺す。そうも思った。大悪党だと思った。そのうちに、ふとあなたの私に対するネルリのような、ひねこびた熱い強烈な愛情をずっと奥底に感じた。ちがう。ちがうと首をふったが、その、冷く装うてはいるが、ドストエフスキイふうのはげしく錯乱したあなたの愛情が私のからだをかっかっとほてらせた。そうして、それはあなたにはなんにも気づかぬことだ。

（略）

ただ私は残念なのだ。川端康成の、さりげなさそうに装って、装い切れなかった嘘が、残念でならないのだ。こんな筈ではなかった。たしかに、こんな筈ではなかったのだ。あなたは、作家というものは「間抜け」の中で生きているものだということを、もっとはっきり意識してかからなければいけない。

（「もの思う葦」新潮文庫版による）

第二回芥川賞の選考でも落選するが、その時は佐藤春夫との間で悶着を起こす。大人げないといえばそうだが、新人作家が文壇や社会における認知度を高める手法として、著名な作家や権威と立ち回りをやってみせるというのは、戦術としてはかなりなものであった。

4　太宰治が俳諧の世界に慣れ親しんでいたことは、相馬正一『太宰治生涯文学』（洋々社、一九九〇年十一月）や安藤宏（『晩年』における詩と小説：太宰治「玩具」「葉」論」「上智大学国文学科紀要9」所収　一九九二年一月）等が触れており、鶴谷憲三「太宰治と『単一表現』」（「国語と国文学」一九八一年二月号）は新興俳句との関わりをも説く。太宰自身は、例えば芭蕉の『猿蓑』の「夏の草」のところの評釈を「天狗」というエッセイで発表していて、これはおもしろい。

5　『富嶽百景』の基盤に俳諧があると言うことは間違いないと考えられる。それと同時に、俳諧が江戸のものであるとするならば、上方の芸能である浄瑠璃の世界もまた太宰の文藝を支える要素である。「吉田の一夜」に引かれている古典世界は浄瑠璃的世界の延長上にあるものであった。太宰が高等学校時代から浄瑠璃を親しみ語ることもできたことは知られている伝記上の事実である。

6　最後の富士の写真を撮ることに関しては、伊馬春部の証言がある。御坂峠に「富士には月見草がよく似合ふ」の碑が建てられその除幕式の前日、若い女性が、伊馬春部のもとを訪れ「雪の富士を背景に、オーバを来た二人のおとめが抱き合うようにして寄り添い、にこりとほおえんでいるキャビネ型の引き伸ばしである。一人はメガネをかけ、色も白そうだ。どうやらタイピストでもあろうか、なにやら知的な雰囲気を漂わせている」写真を差し出し、太宰さんがシャッターを切ったものであり、供養のためにそなえて欲しいという。そして映っているメガネのおとめは、その写真を持ってきた若い女性母親だというのである。伊馬春部は、この話を例に、『富嶽百景』が完全なる私小説ではなく、フィクションもあると話をまとめている。伊馬春部の証言については、二つの疑問点がある、若い女性が、太宰ファンであり、この話自体をつくったという可能性。今一つは、伊馬春部自身が作り出したフィクションであるという疑問である。除幕式の後の講演会での話を後からまとめた（角川文庫『走れメロス』解説）ものによる。

7　目が「赤加賀智」と表現された存在が神話世界の中にもう一つある。猿田彦大神である。『日本書紀』の天孫降臨の条で、瓊々杵尊降臨に際し、天鈿女によって鎮められ、道案内をつとめることになる神で、神楽などでは鼻の高い天狗の面をもち矛を持つ姿で現れるほか、感藝技（かまけわざ）神事の主役。若山牧水のふるさと宮崎県は天孫降臨の地高千穂峰の地であり、県内各地に多くの神楽が今に伝承されているが、牧水の生誕の地坪谷にも神楽は伝承されていた。牧水の「おもひでの記」の中の「正月、お盆、祭礼」には、子供の頃に「尚ほ　夢中になつて踊つてゐる神楽の若者達が振り廻す白刃の光も神々しく眼に映つた」と記している。宮崎県といえば、やはり天孫降臨のイメージがつきまとう。ならば、この「酸漿」にも若山牧水の影があることになる。

8

国語教育の世界で『高瀬舟』『こころ』『舞姫』『羅生門』『走れメロス』などを定番教材という言い方で一括りにして扱う人たちがいる。「定番」とは何か。『富嶽百景』もその一つとされるのであるが、『富嶽百景』を採録している各教科書本文を校合してみると、一つとして一致する本文はない。各教科書会社の教科書が、異本を垂れ流しているのが、その実態であるといってよい。そのような本文をつくっている側にも、学習指導要領の制約とか生徒の発達段階を考えた上での処理だとかさまざまな言い分があるのは、理解できないことではないが、恣意的にいじって作った異本の集合を「定番」という用語で処理してしまう教育関係者の無神経さこそが、実は国語教育の底の浅さを露呈しているように私には思われてならない。なくなった丸谷才一先生（私は先生からジョイスの授業を二年間、受けたから、先生とお呼びしてよい資格はある）が提起した問題の大きさをいま改めて感じている。

おわりに

やっと書き終わった。しかし、もっと書きたかったという思いも強く残っている。昨春『謎解き森鷗外』をまとめた後、人生の最後の仕事と決めている『伊勢物語』世界に戻るつもりでいた。しかし、思いもかけず九州の地、宮崎、鹿児島へと二回、脚をはこぶことになった。そこで、若山牧水に出会った。そしてまた、盛岡、弘前、前橋へも旅をする機会があった。南あるいは北、交通手段が至便になっていても、移動の時空は思いもかけぬ衝動をもたらした。老いてからのセンチメンタル・ジャーニーは、来し方行く末を改めて問いかけてくるものになった。教育や文藝に関わる事によって生きてきた七十余年の人生とは何か、を問い直さなければ、死にきれないのではないかと言う思いが、弘前城の天守閣を見上げた時、ふとこみ上げてきた。それはある種の無力感であり、無常観から来るものでもあった。そして唐突に、老いた今だからこそ改めて太宰治を読んでみよう、と思った。

『斜陽』を読んだとき、太宰治が悪戦苦闘したもの、それが何か垣間見えたと思った。その見たものをどう確かめたらいいのか、改めて、中学校や高等学校の教員時代に教材として扱った『走れメロス』や『畜犬談』そして『富嶽百景』を、読み直した。その過程で、数年前大学のゼミナールのセッションの中で、ゼミ生の一人が、「罌粟は津軽です」といった言葉を思い出した。そのセッションはそれ以上の議論の深まりもなく、他のゼミ生の「なにそれ」という疑問に「そう聞いていた」と言うだけで、議論は別の方にそれていった。本書を書き始めて、このやりとりが気になり、今は公立高等学校の教員をしている当該のゼミ生にあれはどういうことだったと改めて確認したところ、「へえ、そんなこと言ったっけ。」と大阪出身の彼はすっかり忘れていた様子だった。そこで、辞書やインターネットで検索をかけ、達した結果が、本書でも引用した『日本国語大辞典』の記述であった。「灯台もと暗し」とはこのことかと、はっとさせられた。

こうした掛詞的技法、もう少し言えばアレゴリーを駆使する技法を太宰治は持っているという目で、読み直すと、太宰治の用いた言葉の一つひとつの背後に潜む日本の古典文藝の世界が「透《すかし》」のように浮かび上がってきた。こうした仕掛けは、今まで気がつかなかった私が浅学非才なだけで、多くの読者は、気付いた上でそれを踏まえて読んでいるのかも知れない。そこで、何人かの太宰治好きの友人に話を聞いてみると、太宰治ならそういうことはやっているかも知れないが、余り深く考えてみたことがないというのが大方の返答であった。

そこで、私の疑問は、なぜにこうした仕掛けをしてまで、太宰治は、この作品を創りだしたのかという点に逢着してしまった。そのとりあえずの答えが本書である。太宰治が書かずにはおられなかったその根底にあって、くすぶり、時として強迫観念のように迫ってくる何か。自己の生きていることの証明として、書かなければならなかったその必然が、私が垣間見たものなのであろう。あるいは文藝に関わった者の「業」かも知れないし、「野ざらし」を覚悟させたものかも知れないのである。しかし、そうはいうものの、人は弱い。だからこそ、西行法師の、

さびしさに堪へたる人のまたもあれな庵ならべん冬の山里

も納得できるのであろう。『富嶽百景』の「私」は、「冬の山里」に堪えられなくて、山を下りる。それでいいのだとも思う。

弘前城は、石垣の補修工事のため、十年以上の歳月を費やすという。人の営みの大切さを改めて知らされる思いがしたのと同時に、それを支える情念のありように想いがいった。森鷗外の『奈良五十首』の、

猿の来し官舎の裏の大杉は折れて迹なし常なき世なり

という無常観に心引かれながらも、それだけに太宰治の苦闘・苦悩も捨てきれない思いが強くしてきたのも旅人の感傷にすぎないのかもしれない。

太宰治は、文藝史の大河に、近代の自然主義・私小説という小さな支流から流れ込んできた土砂によって濁されたものを、新しい流れを注ぎ込むことで浄化し、本来の清らかさを取り戻そうとしたのではなかったか。そのためには、本流を本流たらしめている和歌の流れを十分把握することから始めなければならなかったのではないか。その営為のとりあえずの目標が、若山牧水の仕事を小説、散文によって越えることではなかったのか、と。

図版を提供いただきました、公益社団法人沼津牧水会、東京の板橋区立美術館、弘前市立図書館、群馬県立文書館の皆様にはあつく御礼を申し上げます。また、浄瑠璃の稽古本関係の資料に関しては、徳島県の松茂町立人形芝居資料館の松下師一氏に特段のお世話をいただきました。お手数をかけました。有り難いことでございます。さらに神津武男先生から貴重な写真の提供をいただきました。特に太宰治の青春の地である弘前に伝わる『伊賀越道中雙六』の沼津の段の写真の御提供を賜ったことは意義深いことで、深く感謝申し上げます。

今回も新典社の岡元学実社長にはわがままを聞いていただきました。編集を担当して下さった小松由紀子さんには、本当にお世話になりました。

いつもながらの家族の協力には、老いを日ごとに感じるだけに、そのありがたさをますます感じています。

平成二十七年　雛祭り

著者識す

原　國人（はら　くにと）
1943年徳島県生
学位　博士（文学）
主著・論文
『伊勢物語—成立とその世界』（1974年，笠間書院），『伊勢物語の原風景—愛のゆくえたずねて』（1985年，有精堂出版），『平安時代物語の研究』（1997年，新典社），『伊勢物語の文藝史的研究』（2001年，新典社），『教育実習のための国語科教材研究』（編著，1995年，有精堂），『実践的国語科教育法』（編，1999年，新典社），『森鷗外論集　歴史に聞く』（共編，2000年，新典社），『森鷗外論集　出会いの衝撃』（共編，2001年，新典社），『森鷗外論集　彼より始まる』（共編，2004年，新典社），『メディアの中の子ども』（共編著，2009年，勁草書房），『ヨーロッパ文化の光と影』（共編著，2012年，勁草書房），『物語のいでき始めのおや—『竹取物語』入門』（2012年，新典社），『謎解き森鷗外』（2014年，新典社），その他論文多数。

謎解《なぞと》き富嶽百景《ふがくひゃっけい》

2015年3月28日　初刷発行

著　者　原　　國人
発行者　岡元　学実

発行所　株式会社　新典社

〒101−0051　東京都千代田区神田神保町1−44−11
営業部　03−3233−8051　編集部　03−3233−8052
ＦＡＸ　03−3233−8053　振　替　00170−0−26932
検印省略・不許複製
印刷所　惠友印刷㈱　製本所　牧製本印刷㈱
©Hara Kunito 2015
ISBN 978-4-7879-7856-1 C0095
http://www.shintensha.co.jp/　E-Mail:info@shintensha.co.jp